Karl-Heinz Knacksterdt hat erst nach dem Eintritt in das Rentenalter seine Liebe zum Schreiben romanhafter Literatur entdeckt.

Jahrgang 1941, war er lange Zeit ehrenamtlich in einer Kirchengemeinde in Oldenburg aktiv - Kirchenältester und Lektor waren dort seine Professionen. In seiner beruflichen Laufbahn hat er sich über vier Jahrzehnte mit Problemen der Informationsverarbeitung befasst.

Er ist seit mehr als 50 Jahren mit seiner Frau Annelie verheiratet; zwei verheiratete Kinder und zwei Enkel gehören zur Familie.

Die biblischen Bilderzyklen seiner Frau Annelie als Inspirationsquellen haben ihn motiviert, sich mit großen Frauen der Bibel auseinander zu setzen. Zusätzliche Informationen aus diversen Quellen haben dafür gesorgt, dass seine Arbeiten über das erzählerische hinaus auch historisch und, soweit erforderlich, theologisch korrekt sind.

Bathseba und David

Eine Liebe in alter Zeit

Erzählt und aufgeschrieben
von Karl-Heinz Knacksterdt

Bibliografische Information der Deutschen Nationalbibliothek
Die Deutsche Nationalbibliothek verzeichnet diese Publikation in der Deutschen Nationalbibliografie; detaillierte bibliografische Daten sind im Internet über http://dnb.d-nb.de abrufbar

© 2016 Karl-Heinz Knacksterdt
Layout und Realisierung Karl-Heinz Knacksterdt

Titelgestaltung: Karl-Heinz Knacksterdt
Titelbild: Ausschnitt aus dem Gemälde „Bathseba"
von Annelie Knacksterdt

Das Werk einschließlich seiner Teile ist urheberrechtlich geschützt. Jede Verwertung außerhalb der engen Grenzen des Urheberrechtsgesetzes ist ohne Zustimmung des Autors unzulässig. Dies gilt insbesondere für die Verwendung der Bildmotive und ihrer Darstellungsweise.

Herstellung und Verlag:
BoD - Books on Demand, Norderstedt

ISBN 978-3-741-28080-1

2. Auflage

Bathseba und David

Inhaltsverzeichnis

Vorwort der Protagonistin   7
Personen   9

Rolle 1 – Urija, der Hethiter   11

Papyrus 1 - Die Heimat   13
Papyrus 2 - Hochzeit   21
Papyrus 3 - Unterwegs   24
Papyrus 4 - Auf dem Weg nach Jerusalem   31
Papyrus 5 - Das Ende des Marsches   33
Papyrus 6 - Zuhause   39
Papyrus 7 - Urija   43
Papyrus 8 - An einem Nachmittag   50
Papyrus 9 - Neugierde   55
Papyrus 10 - Ein ernstes Gespräch   59
Papyrus 11 - Die Hungersnot   63
Papyrus 12 - Das Bad   69

Rolle 2 – David, der König   75

Papyrus 13 - Davids Befehl   77
Papyrus 14 - Begegnung   81
Papyrus 15 - Die Zeit danach – schwanger   88
Papyrus 16 - Davids „Kümmern"   92
Papyrus 17 - Umzug in den Palast   98
Papyrus 18 - Geburt und Tod   105

Rolle 3 – Die gemeinsamen Jahre   113

Papyrus 19 - Salomon   115
Papyrus 20 - Rebekka   121
Papyrus 21 - Tamar und Amnon   128
Papyrus 22 - Davids Reaktion   134
Papyrus 23 - Absalom und Amnon   141

Bathseba und David

Papyrus 24 - Davids Palast	146
Papyrus 25 - Die Bundeslade	160
Papyrus 26 - Simeon, der Baumeister	166
Papyrus 27 - Absaloms Aufstand	174
Papyrus 28 - Die Volkszählung	183
Papyrus 29 - David's schwere Zeit	188
Papyrus 30 - Neuer Schwung	197
Papyrus 31 - Adonija	203
Papyrus 32 - Veränderungen	209
Papyrus 33 - Die Krönung Salomons	220
Papyrus 34 - Davids Tod	226
Letzte Gedanken	233
Notiz des Schreibers	235
Karte „Stämme Israels"	237
Das Leben Davids	238
Davids Frauen	239
Zwei Karten	240
Psalm 51	241

Dieses Buch wurde in Rollen (Bücher) gegliedert, die jeweils aus einer Anzahl Papyri (Kapiteln) bestehen

Bathseba und David

Vorwort der Protagonistin

Ich merke immer stärker, dass die Erinnerungen an die vergangenen Zeiten dahinschwinden. Die Erinnerungen an meine Jugend, an meinen ersten Mann Uriel und seine Liebe zu mir, die Erinnerungen an meine frühen Jahre im Palast hier in Jerusalem mit David, dem großen König, der nun schon einige Jahre in der Erde ruht.
Von ihm berichten viele Schriften, Verträge, Urkunden, Lieder!
Ich möchte aber, dass dereinst meine Nachfahren auch von mir wissen, dass sie wissen, was ich erlebt habe in guten und in schlechten Zeiten, an Traurigkeiten und Glücksmomenten, an Zufriedenheit und Ungeduld.
So habe ich mir vom König, meinem Sohn Salomon, einen Schreiber schicken lassen, der alles, was ich noch an Erinnerungen in meinem nun doch schon alten Kopf habe, zunächst jeweils auf eine Steintafel und dann in schöner Schrift auf Papyri schreiben soll.

Schreiber, schreib er. Und füge nichts hinzu und lasse nichts weg, alles ist mir wichtig!

Mein Name ist Bathseba. Der Name bedeutet „Bat Scheva" („Tochter des Schwures")[1]. Warum mein Vater Ammiël[2] mich so genannt hat, weiß ich leider nicht. Aber ich finde den Namen sehr hübsch, und er passt zu mir, wie man noch lesen wird.

Ich bin im Jahre 2746 (1015 vor Ihrer Zeitrechnung) in einem kleinen Dorf

---

1 lt. Wikipedia, Artikel „Bathseba", Stand 03.2015
2 2. Sam. 11,3 (Einheitsübersetzung der Bibel)

Bathseba und David

im Lande Gilead, nahe der Grenze zum Ammoniterland geboren und stamme aus einer in unserem Dorf sehr angesehenen Handwerker-Familie.

Vielleicht bin ich Ihnen schon bekannt aus der Bibel oder anderen wichtigen Büchern. Manche halten mich vielleicht für eine zutiefst unmoralische Frau, manche vielleicht auch für das bedauernswerte Vergewaltigungs-Opfer, das dann doch irgendwie zu seinem Recht, sogar zu Ehren gekommen ist. Für viele bin ich vielleicht aber auch einfach nur eine Frau, über die zu Reden eigentlich nicht wichtig ist.

Viele „Vielleicht", kein „So war es" !

Deshalb will ich aus meiner Welt und aus meinem Leben erzählen, wie es war, wie es hätte sein können.

Dieses Erzählung, sozusagen mein Lebensbericht, möchte zeigen, wie mein Leben verlaufen ist, was ich erlebt und erlitten habe, was wunderbar war in meinem Leben und was bedrückend.

Ich bin Bathseba.
Die einzige Tochter des Hethiters Amiël.
Die Witwe des Kriegers Urija.
Die Frau König Davids.
Mutter des großen Königs Salomo.

Aber ich bin vor allem eine:

Bathseba

Personen

Bathseba	Unsere Hauptperson, Hethiterin
Ammiël	Ihr Vater, Hethiter
David	König in Israel
Urija	Bathsebas Ehemann, Hethiter, Soldat
Alidja	Bathsebas Dienerin aus dem Aramäerland
Machian	Diener Urijas
Miriam	Zweitfrau Urijas
Saphira	Zweite, langjährige Dienerin Bathsebas
Damaris	Dienerin Davids
Tamar	Tochter Davids (mit Machaa)
Absalom	Ältester Sohn Davids (mit Machaa aus Geschuur)
Lileab	Zweiter Sohn Davids (Abigajil aus Maon)
Anihoam	ältere Ehefrau Davids (aus Hebron)
Amnon	Dritter Sohn Davids (mit Anihoam)
Rebekka	Nebenfrau Davids, Freundin Bathsebas
Merib-Baal, auch Mefi-Boschet; von David angenommener Neffe Sauls (seit 996 bei David)	
Arnuwanda	Jüngster Bruder Bathsebas (heth.Name)
Adonija	Vierter Sohn Davids (mit Haggith aus Hebron)
Abischag	Letzte Frau (aus Schunem)
Selcha	Ein heilkundiger Priester
Sigalit	Bathsebas letzte Dienerin

Bathseba und David

Rolle 1

Urija, der Hethiter

Bathseba und David

Bathseba und David

Papyrus 1

Die Heimat

Erzähler:

Ich erzähle aus einer alten Zeit, in der es in Israel und allen Ländern ringsum viele, viele Kriege gab.
Es war eine unruhige Zeit damals ...
König David hatte erst im Jahr 1004 Jerusalem erobert, und es dauerte bis zum Jahr 1000, bis er zum König über Israel und Juda gekrönt wurde. Es war eine Zeit, die geprägt war von Eroberungen und Niederlagen, Leid und Not, Stolz und Erniedrigung der Menschen im gelobten Land, dem Land, das Mose einst von Gott gegeben wurde.
„Ich will euch aus dem Elend Ägyptens führen in das Land der Kanaaniter, Hetiter, Amoriter, Perisiter, Hiwiter und Jebusiter, in das Land, darin Milch und Honig fließen."
So war die Zusage Gottes[3] an Moses.

Sein Volk wurde von Gott in dieses verheißene Land geführt, aber es galt, viele Kriege zu führen. Die Menschen, die ursprünglich dort wohnten, waren nicht gewillt, ihre Heimat kampflos aufzugeben...
Und auch jetzt, um das Jahr 1000 herum, waren die Kriege noch nicht beendet. Gerade war ein Kampf mit den Aramäern in der Gegend von Maachur zu ende gegangen; die Soldaten Davids hatten gesiegt und den Feind bis weit in den Norden zurückgetrieben.

---

[3] 2. Ms 3,17

Bathseba und David

Bathseba: Ich entstamme, wie schon gesagt, einer hethitischen Familie aus einem Land, das einst von den Israeliten erobert wurde und um das es viele Kriege gab. Wir leben in der Gegend von Gadara, einem unbedeutenden Ort in der Nähe der Grenze zum Ammoniterland im Osten und dem Aramäerland im Norden.

Wir Hethiter sind ein stolzes Volk. In der Vergangenheit haben fremde Mächte, wie bei uns im Dorf erzählt wurde, das große Reich zerstört, aber unseren Stolz haben sie nicht brechen können, und unsere Lebensart hat sich über alle Zeiten erhalten. Wir sind nicht nur stolz, wir sind auch unbeugsam, wenn es gilt, unsere Rechte durchzusetzen, und wir halten die Treue allen, die zu uns gehören.

Jetzt, und unser Dorf liegt im südlichen Zipfel des ehemaligen großen Reiches, haben wir keinen eigenen König mehr und sind auf Gedeih und Verderb unseren neuen Herren ausgeliefert, aber davon später mehr.

In den vergangenen Jahren und Monaten waren immer wieder Soldaten Israels durch unsere Gegend gezogen, um den Feind im Norden, die Aramäer, zu vertreiben und wieder Ruhe bei uns einkehren zu lassen. Auch deren Volk war von den Israeliten besiegt worden, trotzdem ereigneten sich immer wieder Aufstände.

Unser Dorf war nicht sehr groß, nur so etwa vierzig oder fünfzig meist sehr kleine Häuser reihten sich an der langen, zumeist staubigen Dorfstraße entlang. Wir waren glücklicherweise bisher immer vom Krieg verschont geblieben, aber aus anderen Orten hatten wir schlimme Dinge gehört, denn um uns herum wurden schon viele Jahre lang immer wieder Kämpfe austragen, Israel gegen die Aramäer, gegen die Ammoniter, gegen die … ich weiß nicht, gegen wen sonst noch.

Nun einige Worte zu meiner Familie.

Wir waren insgesamt fünf Kinder, die meine Mutter geboren hatte; mein Vater hatte sein Leben lang auf weitere Frauen verzichtet, was bei den anderen Männern im Dorf zu großer Verwunderung geführt hatte. Ich war das jüngste Kind, das einzige Mädchen.

Zwei meiner Brüder arbeiteten im Dorf als Ledermacher und Schmiede, sie konnten ganz wunderbare Sachen aus Leder herstellen, Taschen, Westen, Schurze, sogar manchmal, wenn eine Tierhaut besonders fein und weich war, ein Gewand für unsere Mutter, und die Eisenwaren von Vater und Brüdern waren ebenfalls von ausgezeichneter Qualität. Natürlich haben sie das Leder aus den Tierfellen, die sie von den Bauern im Lande ringsumher kauften, selbst bereitet, geschoren, gegerbt, zugeschnitten und genäht. Die eisernen Waren, die Schwerter, Haken und auch die Gerätschaften für die Bearbeitung der Felder, aber auch die Ledersachen waren bei unserer Dorfnachbarn und sogar in den Nachbarorten sehr beliebt, so dass wir alle durch den Handel 'Waren gegen Feldfrüchte' gut leben konnte. Die beiden anderen Brüder, der Älteste und der Jüngste, waren allerdings häufig unterwegs, um für Vaters Eisenschmiede das Material zu kaufen, lange Stangen aus schwerem Eisen, die ihre kleinen Karawanen, aus mehreren Eseln bestehend, aus dem Norden, wo es das Eisen gab, heranbrachten.

Die ganze Familie wohnte in einem für unsere Dorf ziemlich großen Haus aus Lehmziegeln, wie es in unserer Gegend üblich war. Lehm wurde gestampft, mit Strohabschnitten vermengt, zu Ziegeln geformt und in der Sonne getrocknet. Nicht nur Vater und Mutter und ich, auch die Brüder mit ihren Frauen und Kindern waren hier zu finden. Immer, wenn ein neues Familienmitglied dazu kam, wurde wieder ein Stück an das Haus angebaut.

Als einziges Mädchen in der ganzen großen Familie, denn meine Brüder hatten entweder noch keine Kinder oder nur Söhne, habe ich viel Freude und, wenn ich es so bedenke, auch ein sehr gutes Leben gehabt.

Am Abend vor dem Tag, von dem ich gleich berichten möchte, sagte Vater zu uns beim Abendessen:

„Es sind viele Soldaten in der Gegend. Lasst uns morgen auf den Marktplatz gehen und unsere Waren anbieten, vielleicht machen wir ja gute Geschäfte mit den Fremden!"

Am nächsten Morgen ganz in der Früh waren wir schon auf den Beinen, um unsere Waren auf dem Transportkarren zu verstauen. Meine Brüder, denen zu dieser Zeit keiner auf Reisen war, verluden die vielen schweren Eisenteile, Äxte, Schilde, auch eiserne Töpfe und Pfannen mit ledernen Griffen und so manches mehr, und ich kümmerte mich um die Sachen aus Leder. Der Esel wurde angeschirrt; Vater und ich konnten losgehen.
„Meine Söhne, ihr bleibt hier am Haus und in der Werkstatt und geht eurer Arbeit nach, während Bathseba und ich zum Markt fahren. Wenn ich euch benötige, werde ich nach euch schicken!"
So wurde es gemacht, denn es gab keinen Widerspruch gegen Vaters Wort durch meine vier Brüder und mich; der einzige Widerpart in unserer Familie durfte meine Mutter sein. Sie wagte furchtlos auch schon einmal, unserem Vater zu widersprechen.

Der Weg war nicht sehr weit bis zum Marktplatz, der so ungefähr in der

Mitte des Dorfes lag; unser Haus hingegen stand am südlichen Dorfrand.

Der kleine Marktstand aus einigen Holzlatten und Tierfellen war schnell von Vater und mir aufgebaut; die meisten Waren wurden sowie so direkt vom Karren verkauft. Der Esel wurde ein kleines Stück seitwärts an eine Tamariske gebunden, dort hatte er auch ein wenig Schatten, falls der Markttag über die Mittagszeit dauern sollte ...
Die Sonne war kaum am Horizont aufgetaucht, da begann schon unsere Arbeit.
Die ersten Dorfbewohner, wir kannten sie natürlich alle, kamen ebenfalls zum Markt, um die Früchte ihrer Feldarbeit anzubieten, und auch einige Waren bei uns zu kaufen. Fröhliche Worte flogen zwischen den Marktleuten hin und her, und so mancher kleine Handel wurde vereinbart.

Die Sonne stand noch fast im Osten, als ein Soldat, anscheinend ein Anführer, in Begleitung mehrerer anderer Soldaten, wohl niederen Ranges, auf den Dorfplatz kam und an unseren Karren trat, als Vater und ich gerade fertig waren mit dem Aufbau der Waren.
Auch wir hatten Früchte des Feldes anzubieten, wenn auch nicht sehr viel, und natürlich Bekleidung aus Leder, eiserne Äxte und andere schwere Gerätschaften, dazu die kleineren Dinge, die meine Vater und meine Brüder hergestellt hatten. Wir Hethiter verstanden uns auf die Kunst der Eisen- und auch der Lederbearbeitung, wie ich schon berichtete.

Trotz meiner Jugend fand ich den Mann sehr beeindruckend! Eine große, imposante Erscheinung. Seine Kleidung war sorgfältig gepflegt, soweit das bei einem Krieger möglich ist, seine Haare ordentlich gestutzt. Am stärksten jedoch haben mich seine Stimme, seine Art zu Reden und seine tiefschwarzen Augen beeindruckt!

„Ich bin Urija, ein Heerführer des israelitischen Königs David. Wir kommen gerade aus dem Kampf mit den Aramäern". So stellte er sich meinem Vater vor. „Und wer seid ihr?"
Er sprach hethitisch, nicht israelitisch, unsere Zugehörigkeit zum hethitischen Volk hatte er sofort erkannt (schließlich waren wir ja auch um Hethiterland!), schließlich war er selbst, wie ich später erfuhr, Hethiter.
„Mein Name ist Ammiël, und dort ist meine einzige Tochter Bathseba. Ihr könnt gern in eurer Sprache mit uns sprechen, wir beherrschen sie ebenfalls, nicht nur unsere Muttersprache!"
Ein langer Blick aus den tiefen Augen des Soldaten streifte erst Vater und dann mich. Dann sprach er, hethitisch, weiter:
„Man erzählte in den Dörfern, dass hier in eurem Dorf Gutes aus Eisen zu kaufen ist, und wir haben viele Waffen in unserem Kampf verloren, die jetzt ersetzt werden müssen. Und frische Verpflegung müssen wir ebenfalls haben. Lasst einmal sehen, was ihr uns zu bieten habt!"
„Bathseba, lauf zu den Nachbarn, die Brot und Gemüse zu verkaufen haben, sie sollen sofort zu uns hier kommen!"
Ich war natürlich mit Freude sofort unterwegs, unsere Leute im Dorf hatten viele gute Dinge anzubieten.

Es dauerte nicht lange, das waren noch mehr Dorfleute mit ihren Waren auf dem Marktplatz, mit Brot, Früchten, Kleidern, und ich half wieder meinem Vater.
„Die Äxte haben meine Söhne und ich selbst geschmiedet und geschliffen, beste Qualität!" pries mein Vater seine Arbeit an.
Der Fremde trat näher zum Karren. Bedächtig prüfte er die Angebote,

nahm immer wieder das eine oder andere Stück in die Hand, prüfte die Klingen der Äxte, die Qualität des Leders, die Frische der Früchte, das Brot.

Mit tiefer, energischer Stimme gab er seine Wünsche an Waren auf und zahlte, ging hinüber zu den anderen Händlern, bei denen er auch noch viele Dinge für seine Soldaten kaufte, vor allem natürlich Früchte und Brot, auch lebende Hühner waren dabei.

Mein Vater und ich, und mit uns unsere Nachbarn, wir alle freuten uns über die guten Geschäfte. „Ein guter Tag ist das heute", meinte mein Vater. Die Soldaten hatten alle Streitäxte aus gehärtetem Eisen, die wir mitgebracht hatten, und noch vieles Andere mehr gekauft und auch bezahlt, was in jener Zeit leider nicht immer der Fall war.

Ein Kommando Urija's an einen Soldaten, und der eilte sofort davon, noch mehrere Karren kommen zu lassen, denn es war ein sehr großer Einkauf zu transportieren ...

Die Soldaten Urijas luden die Waren auf ihre Transportkarren und marschierten davon, als er sich, ebenfalls schon im Gehen, noch einmal umwandte: „Übrigens, Ammiël, sag mir den Brautpreis für deine schöne Tochter. Ich will sie bei meinem nächsten Besuch hier in etwa zwei Wochen mitnehmen nach Jerusalem als meine Hauptfrau und auch den Brautpreis dafür mitbringen. Ziegen und Schafe besitze ich nicht, aber Gold aus der Beute des Krieges dürfte dafür genügen ...".
Sprach's und ging.

Mein Vater und ich sahen uns erstaunt, ja erschreckt an.
Ich – heiraten? Das war eine Sache, die uns noch nie ein Gespräch wert

war! Natürlich, mit vierzehn Jahren war ich durchaus schon im heiratsfähigen Alter.

Ja, ich hatte ein ganz hübsches Gesicht und eine gute Figur, was mir regelmäßig die Blicke der jungen (und manchmal auch der älteren) Männer im Dorf einbrachte, aber heiraten?

Viele meiner etwa gleichaltrigen Freundinnen waren natürlich schon von ihren Vätern gegen einen guten Brautpreis einem Mann gegeben worden, meist waren sie aber Nebenfrauen in einem größeren Haus und lebten hier in unserem oder einem anderen Dorf in der Nachbarschaft. Ich war aber die einzige Tochter meiner Eltern und noch dazu das jüngste Kind; da tat sich mein Vater schwer, zu dem Wunsch Urijas etwas zu sagen.

In der Tat: ich war noch sehr jung, als mich mein Vater Ammiël dem Urija zur Frau gab, der nur wenige Wochen später, diesmal nur in Begleitung einiger Freunde, wieder in unser Dorf kam.

Diesmal nicht auf den Markt, sondern in das Haus meines Vaters.

Neidisch und neugierig standen alle meine Freundinnen an der nächsten Straßenecke. „Hat die Kleine ein Glück!" sagten sie zueinander. „So ein toller Mann, wenn ich da an meinen denke …"

Bathseba und David

Papyrus 2

Hochzeit

Erzähler:

Der Kauf einer Frau war in dieser Zeit natürlich eine ganz normale Angelegenheit. Wenn der Brautpreis mit dem Brautvater ausgehandelt war, ging die Frau, normalerweise das Mädchen, das natürlich Jungfrau sein musste, in das Eigentum des Mannes über.

Bathseba: „Lasst uns die Hochzeit vorbereiten, ich habe nur wenige Tage Zeit, und danach nehme ich deine Bathseba mit mir!"
Nach Jerusalem! Ich, die unscheinbare, kleine Bathseba aus dem Hethiterland, nach Jerusalem!

Urija hatte seine Soldaten einen halben Tagesmarsch entfernt im Lager zurückgelassen; hier wären diese wilden Gesellen ja wirklich nicht so richtig willkommen gewesen …
Trotz der Kürze der Zeit und den leider nicht mitgekommenen Frauen von Urijas Freunden, schließlich war der Krieg gerade erst vorbei, wurde meine Hochzeit ein rauschendes Fest. Die Männer sangen, tranken und tanzten drei Tage und drei Nächte lang, und die Frauen und Mädchen aus dem Dorf, sogar aus Nachbardörfer, feierten mit mir in einem anderen Zelt.
Mein Vater und meine Brüder hatten das Fest ganz wunderbar vorbereitet, und alle waren fröhlich und glücklich.

Bathseba und David

Am zweiten Abend des Festes ließ mich Urija zu sich rufen in das Brautzelt, das etwas abseits der Hochzeitsgesellschaft aufgebaut war.
Ich war schrecklich aufgeregt über das, was jetzt auf mich zukam.
Er erwartete mich. Das Innere des Zeltes war geschmückt mit Tüchern und Kissen, sogar Blumen hatten meine Brüder besorgt! Ich selbst war von meinen Freundinnen sehr hübsch gekleidet worden. Meine Augen waren mit schwarzem Strich betont worden, das Gesicht mit etwas rötlicher Farbe sehr schön geschmückt, die Oberseiten der Hände mit Ornamenten aus roter Erde verziert.
Bei meinem Eintreten in das Zelt, vor dem die Freundinnen, die mich dorthin geleitet hatten, weiterhin warteten, stand mein künftiger Mann mit ausgebreiteten Armen in der Mitte des Raumes. Mit heiserer Stimme bat er mich zu sich, umarmte mich, zog mich hinab auf das Lager aus Kissen und weichen Tierfellen.
„Bathseba, meine Wüstenblume! Ich möchte dir etwas sagen, etwas versprechen, was ich noch nie zu einer Frau gesagt habe: Ganz gleich, was immer geschieht, du weißt, das ich Soldat bin. Aber ich werde stets Sorge dafür tragen, dass es dir gut ergeht. Mein Haus soll dein Haus sein. Und du wirst unter meinem Schutz stehen, so lange ich lebe!"

Ich war wie benommen, als er sich anschließend über mich beugte und mich vom Mädchen zur Frau machte.
Die Stunden mit Urija waren für mich erschreckend und zugleich wunderschön. Seine sanfte Stimme, die so ganz anders war als bei unserer ersten Begegnung, seine liebevollen, so gar nicht energischen Worte, seine zärtlichen Berührungen führten mich in eine mir bis dahin unbekannte, neue Welt voller Glück und Seligkeit.

Als wir nach unseren gemeinsamen Stunden das Zelt verließen, stand da die ganze fröhliche Hochzeitsgesellschaft. Ein Riesenjubel brach aus, die Frauen warfen Blumen, umarmten und küssten mich! Ich war so glücklich!

Mein Mann Urija (welch ein für mich noch fremdes Wort!) wurde von den Männern ebenfalls mit Freudenrufen und Schulterklopfen empfangen; danach ging für alle das fröhliche Fest meiner Hochzeit weiter, bis zum Abend des nächsten Tages.

Am Morgen darauf drängte Urija zum Aufbruch. „Wir haben einen langen Weg vor uns, zuerst zu meinen Männern, dann nach Jerusalem. Der Krieg ist endlich vorbei und glücklich gewonnen, nun aber müssen wir zum König und berichten, und zu unseren Familien – ich habe ja gerade erst begonnen mit meiner Familie, in meinem Haus wartet bisher noch keine Frau auf mich ...".

Es gab für mich nicht Vieles, das ich einzupacken hatte. Kleider, einen warmen Umhang, Leibwäsche für warme und für kalte Tage, Schuhe aus unserem guten Leder, Geschenke, die ich zur Hochzeit bekommen hatte, den kleinen Hund aus Leder, den mir mein jüngster Bruder geschenkt hatte...
Der Abschied von meinen Leuten fiel mir nicht leicht, ging ich doch in eine sehr ungewisse Zukunft. Meine Mutter weinte, meine Brüder und ihre Frauen, selbst die Kinder umarmten mich ein letztes Mal, auch meinem sonst so verschlossenen Vater quollen ein paar Tränen aus den Augen, bis wir dann von ihnen nicht mehr zu sehen waren.

Papyrus 3

Unterwegs

Erzähler:

Der Krieg zwischen Israel und den Aramäern war gerade erst vorbei, und Urijas Männer hatten den Feind weit nach Norden hin vertrieben. Reiche Beute war gemacht worden, und wenn auch viele der Israeliten im Kampf getötet wurden, war doch eine sehr gute, fast überschwängliche Stimmung in der Truppe.
Der Weg vom Lande Gilead bis nach Jerusalem war weit und anstrengend. Urija, seine Soldaten und alle anderen, die mit ihm gemeinsam auf dem Weg waren, kannten solche Märsche, die sie immer wieder von der Hauptstadt Israels in die kriegerischen Provinzen und wieder zurück führte. Das karge Land, die sengende Sonne im Sommer und die Kälte mit ihren Stürmen und dem Regen im Winter konnte ihnen nicht viel anhaben, sie waren im wahrsten Sinne des Wortes sturmerprobt.
Für eine junge Frau hingegen muss, auch wenn es erst Frühjahr war, der Weg eine Hölle gewesen sein! Mittags heiße Sonne, dann wieder Regen, der die Wege in eine schlammige Wüste verwandelte, nachts Kälte bis an den Gefrierpunkt: keine einladende Zeit, um eine Hochzeitsreise zu machen. Aber so etwas kannte man damals ja so wieso nicht ...

Bathseba: Der Weg nach Jerusalem war für mich ein sehr anstrengendes Abenteuer.
Wir zogen zunächst, ich erkannte es am Stand der Sonne, nach Westen, dem Sonnenuntergang entgegen. Später, in den nächsten Tagen, sollte

es weitergehen gegen Mittag über die Berge, immer weiter Richtung Jerusalem.

Die Truppe war sehr zügig unterwegs, die Soldaten, und mit ihnen mein Mann, wollten nach den Anstrengungen des letzten Krieges gegen die Aramäer möglichst schnell wieder in die Stadt, zu ihren Frauen und ihren Liebsten, und zu ihren Kindern. Hin und wieder, wenn meine Kräfte zu sehr nachließen, durfte ich auf einem der Geräte- und Verpflegungskarren mitfahren und mich ein wenig ausruhen, aber zumeist war ich, wie die Soldaten, zu Fuß unterwegs.

Wir durchwateten den Jordan, der an dieser Stelle glücklicherweise nicht besonders tief war; ich durfte auf einem Karren, den vier Soldaten zogen, sitzen. Zum Abend erreichten wir einen Brunnen, und die Männer lagerten sich in ihren einfachen Zelten aus Tierhäuten auf dem freien Feld.

Die Frauen, alles Sklavinnen aus dem Land Aram, die uns, wenn auch unfreiwillig, begleiteten, hatten für das leibliche Wohl zu sorgen. Sie mussten über Tag die Karren mit dem erbeuteten Getreide und mit den Reibsteinen ziehen, die ebenfalls mitgenommenen Schafe und Ziegen treiben - das Schlachten der Tiere übernahmen dann Soldaten. Am Abend waren die Sklavinnen dann für das Anzünden der Feuer, das Mahlen der Körner auf den Reibsteinen und die Zubereitung des Essens zuständig.

Das waren natürlich Arbeiten, die ich auch aus meinem Elternhaus kannte, dort habe ich auch Hirse zu Mehl gemahlen und daraus Fladenbrote gebacken.

Die Zeit wurde mir lang - ich wollte deshalb mithelfen, Essen zuzubereiten, an die Soldaten zu verteilen und anschließend wieder für Ordnung zu sorgen. Mein Mann Urija verbot es mir schlichtweg!

„Du wirst nicht beim Zubereiten der Mahlzeiten helfen und auch bei anderen Arbeiten, ich verbiete es dir! Du bist doch keine Sklavin! Du bist die Frau eines Anführers! Geh in unser Zelt und warte. Ich werde dir eine der Frauen schicken. Sie soll dir dienen, dich mit Essen und Getränken versorgen und sich auch sonst um dich kümmern. Ich werde derweil zu meinen Männern gehen, es ist so Brauch!"

Seine energischen Worte, ja, diese befehlende Art auch mir gegenüber war mir bisher fremd an ihm, aber natürlich hatte er recht! Schließlich war ich junges unerfahrenes Ding jetzt eine angesehene Frau, die Frau eines Heerführers! Trotzdem bedrückten mich seine energischen Worte. Bisher hatte ich immer nur die freundliche, ja liebevolle Seite meines Mannes kennengelernt. Aber eigentlich kannte ich ihn ja auch noch gar nicht, wir waren schließlich erst wenige Tage miteinander verheiratet, und davor hatte ich ihn ja nur einmal gesehen, als er bei Vater eingekauft hat ...
In meinem Heimatdorf gingen die Männer, und da war mein Vater eine Ausnahme, ohnehin mit ihren Frauen um wie mit allem anderen, das sie besaßen. Frauen waren Besitz ihrer Männer und hatten zu gehorchen, Kinder zu bekommen und zu arbeiten, und Töchter mussten ein vernünftiges Brautgeld bringen; da hatte ich es, davon ging ich aus, doch sehr viel besser getroffen mit meinem Urija!

Also hielt ich mich im Zelt auf, bis schließlich, nach langem Warten, eine junge Frau eintrat, etwa zehn Jahre älter als ich.
Mit traurigen Augen sah sie mich an; ich konnte sehen, dass sie Kummer hatte.

„Ich bin Alidja aus Aram und soll mich um dich kümmern als deine Dienerin. Das hat Urija so angeordnet! Bitte sag mir deine Wünsche."

„Ich grüße dich, Alidja! Ich bin Bathseba, du weißt es sicher. Und jetzt brauche ich dringend etwas zum essen und zum trinken. Kannst du dich darum kümmern? Urija hat mir ja verboten, im Lager etwas zu arbeiten, sonst wäre ich längst bei euch anderen Frauen!"

„Ich werde sofort holen, was du wünschst, Herrin. Warte nur ganz kurze Zeit."

„Sag bitte nicht 'Herrin' zu mir! Daran kann ich mich nicht gewöhnen. Ich bin Bathseba!"

„Ja, He... Bathseba!"

Sprach's und ging schnell hinaus.

Der Hirsebrei mit darin enthaltenen einzelnen Fleischstückchen war zwar nicht gerade das, was ich mir als Mahlzeit erhofft hatte, aber die Männer in unserer Truppe hatten auch nichts Besseres, und das Wasser aus dem Brunnen war erfrischend.

„Soll ich dir noch etwas Gesellschaft leisten, Herrin?" fragte meine neue Dienerin. Ich warf ihr einen strengen Blick zu.

„Ich heiße Bathseba! Gern, wenn du nicht anderweitig zu tun hast. Aber nur, wenn du mich nicht mit 'Herrin' anredest!"

„Ich will es mir merken! Aber für mich ist auch alles neu und fremd! Ich habe keine anderen Aufgaben, bin nur für dich da!"

„Das heißt, du bist jetzt so richtig meine Dienerin? Ganz für mich allein? Das kann ich mir noch gar nicht so richtig vorstellen! Und – hast du so eine Arbeit schon einmal gemacht?" „Nein, du bist meine erste Herrin! Ich hoffe, dass ich es dir immer recht machen kann und du mich nicht einmal für einen Fehler bestrafen musst ..." „Da brauchst du dir keine Sorgen machen! Bis vor wenigen Tagen habe ich ja noch im Hause meiner Eltern gelebt, zusammen mit meinen Brüdern. Und wenn da einmal jemand einen Fehler gemacht hatte, gab es auch keine Strafen! Mein Vater hat dann nur immer von uns verlangt, dass wir ehrlich sind und unseren Fehler eingestehen, dann wurde alles ganz schnell wieder vergessen."

Alidja und ich sprachen noch sehr lange Zeit über uns und unser bisheriges Leben, die Zeiten bei unseren Eltern und mit unseren Geschwistern, die kleinen Freuden und Abenteuer der Kinderzeit. Jetzt aber waren wir erwachsen, ich sogar verheiratet ...

„Sag, Alidja, hattest du in Aram einen Mann?"

Erschreckt und traurig antwortete sie.

"Oh ja! Einen wunderbaren Mann! Und dann kamen Urija und seine Soldaten und haben ihn und viele, viele andere gute, tapfere Männer getötet. Sie haben mich und viele Frauen mitgenommen, du hast sie ja auf dem Weg und in unserem Lager gesehen! Wie gut, dass mein Mann und ich noch keine Kinder hatten. Die Frauen, die du hier gesehen hast, sind jetzt Sklavinnen, die für euren König bestimmt sind!" Die Tränen liefen ihr jetzt über das Gesicht. „Verzeih bitte, aber es schmerzt so sehr ..."

Ich hätte sie gern in die Arme genommen, ein wenig getröstet, aber sie wies mich zurück.

„Die Dunkelheit bricht herein, in ganz kurzer Zeit wird es Nacht sein. Soll ich dir jetzt beim Auskleiden helfen?" Sie wollte sofort an die Arbeit gehen.

Ich konnte mir ein kleines Lachen nicht verkneifen, schließlich war ich erst vierzehn Jahre alt. „Bin ich schon so alt, dass ich mich schon nicht mehr allein auskleiden kann? Nein, geh du nur jetzt in dein Zelt, ich komme gut allein zurecht. Morgen früh sehen wir uns dann wieder. Gute Nacht!"

„Gute Nacht!" Alidja verließ, leicht verwundert, mein Zelt und ging zu den anderen Frauen, den anderen erbeuteten Sklavinnen.

Eigentlich wollte ich noch auf meinen Mann Urija warten, aber die Augen wurden mir schwer von der Anstrengung des Tages.
Ich kleidete mich aus, zog mein Nachtgewand an und legte mich auf das Lager. Mit dem Gedanken an meine Hochzeit schlief ich schon nach ganz kurzer Zeit ein.
Als ich irgendwann erwachte, war es finsterste Nacht um mich herum. Das Lager neben mir war immer noch leer!

Meine Gedanken begannen zu schweifen ...
Welch eine neue Welt hatte sich für mich aufgetan! Gestern noch sah ich mich als junges, unschuldiges Mädchen am Marktkarren meines Vaters, Früchte und Ledersachen verkaufend, und heute liege ich als Frau eines Heerführers in dessen Zelt und warte darauf, dass mein Mann zu mir kommt! Irgendwie ist das alles unwirklich!

Ein wenig vermisse ich schon jetzt meine Eltern und meine Brüder, auch meine Freundinnen, und meinem Vater grolle ich, weil er mich so schnell an den ersten Mann gegeben hat, der nach mir fragte!
Gut, der Brautpreis war sehr anständig, wie meine Vater gesagt hat. Aber mich hatte niemand gefragt. Ja, der Mann, der eigentlich jetzt an meiner Seite ruhen sollte, war sehr freundlich und sogar liebevoll zu mir, aber wo blieb er denn nur?
Im Lager herrschte eine fast vollständige Ruhe, nur hin und wieder waren Schritte eines Soldaten zu hören, der in die Wüste stolperte.

Ich lag lange wach, bis ich am Zelteingang ein Geräusch hörte.

„Urija?" „Ja, schlaf weiter, Frau!" brummte er und legte sich, voll bekleidet wie er war, auf unser Lager neben mich. Schon nach ganz, ganz kurzer Zeit war er eingeschlafen.

Am Morgen, als ich erwachte, war er schon wieder im Lager unterwegs.

„Guten Morgen, Herrin!"
Alidja kam mit dampfendem Fladenbrot und einem Becher mit heißem Tee, aus Kräutern der Wüste zubereitet. Ich hatte das dringende Bedürfnis, sie zu umarmen, so sehr fehlte mir die Wärme meines Mannes. Aber das war natürlich unmöglich! Eine Dienerin umarmen!

Unsere Tage verliefen ereignislos. Selten flog ein Vogel über uns hinweg, noch seltener hörten wir einen Wüstenhund. Aber immer waren die Soldaten und ihre Reittiere, meist Esel, gegenwärtig. Manche der Soldaten, wie auch Urija, besaßen ein Pferd aus der Beute, und alle zogen, die meisten zu Fuß, wortlos ihren, unseren Weg.

Bathseba und David

Papyrus 4

Auf dem Weg nach Jerusalem

Erzähler:

Mehrere Tage dauert der anstrengende Fußmarsch, noch dazu mit den Lasten, die auf den Karren transportiert werden mussten, aus der Ebene bis nach Jerusalem über die Berge. Nur wenige Esel waren nach den langen Kämpfen noch am Leben, sodass zumeist Soldaten die zweirädrigen Wagen ziehen und schieben mussten.

Das Wetter war der ziehenden Truppe in diesen Frühlingstagen des Jahres 1000 ziemlich wohl gesonnen. Nur wenig Regen, kein Sturm, die Sonne noch nicht ganz so heiß ...

Trotzdem: Der Weg nach Jerusalem war eine Quälerei für alle, die unterwegs waren.

Die Männer und Frauen um Urija kamen im Bergland südlich von Jerusalem nur langsam voran. Immer wieder blieben, wenn es einmal Regen gab, die Geräte- und Vorratskarren im Schlamm stecken und mussten mühsam wieder herausgezogen werden. Oftmals brachen auch Achsen, sodass die Ladungen auf andere Karren umgeladen werden mussten.

Bathseba: Es war für mich alles andere als eine große Freude, dieser Marsch nach Jerusalem. Viele Stunden allein mit meiner neuen Dienerin, die mir treu zur Seite stand und mir, wenn ich auf den schlechten Wegen einmal gestürzt war, schnell wieder auf die Beine half, sich immer sorgsam um mich kümmerte, wenn ich einmal traurig war.

Urija war tagsüber für mich geradezu unsichtbar. Nur hin und wieder hörte ich seine Stimme, wenn er irgendwelche Befehle erteilte, oder auch nur das Galoppieren seines Pferdes.

Sicher, sagte Alidja zu mir, und das habe ich ja auch eingesehen, musste er sich um alle Menschen kümmern, die ihm unterstellt waren, und um alle, die noch dazugehörten, auch die Sklavinnen. Aber wenigstens in der Nacht, wenn das Lager schlief, hätte er sich doch zu mir kommen, sich wieder einmal so liebevoll um mich kümmern können wie bei unserer Hochzeit …

Statt dessen kam er nachts müde und mürrisch in unser Zelt, wenn er überhaupt kam. Meist saß er mit seinen Unterführern in irgend einem anderen Zelt, sie redeten und tranken und waren fröhlich. Ich muss sagen, meine Nächte waren sehr einsam! Hoffentlich, so flehte ich zu allen Göttern, die ich kannte, würde das in Jerusalem, in seinem Haus, anders. Ich hatte wirklich keine Lust, mein Leben in Trübsal und Einsamkeit zu verbringen!

Endlich, nach sechs Tagen, sahen wir von einer Anhöhe aus die Stadt, in der unser König herrschte.

Jeruschalajim

Bathseba und David

Papyrus 5

Das Ende des Marsches

Erzähler:

Ich berichte von der großen Stadt, von Jerusalem, von Davids Stadt.
Sie war erst seit jüngerer Zeit die Hauptstadt von ganz Israel, wie bereits gesagt.
David, der Held, der im Kampf gegen die Philister den Riesen Goliath besiegte[4], hatte die Stadt zu seiner Hauptstadt gemacht, nachdem zuvor der benjaminische Teil Sauls aus Gibea, der judäische Teil von Bethlehem aus regiert wurde. Es bestand eine enorme Rivalität zwischen diesen beiden Machtbereichen. Die Feindschaft bestand bis in die frühen Jahre von Davids Herrschaft, bis das Land Benjamin von Juda einverleibt und Teil des Südreiches wurde.
Jerusalem: das war nicht die Stadt, die ihr heute kennt. Aber Jerusalem war schon eine Großstadt nach damaligen Maßstäben. Einige tausend Häuser gab es, breite Straßen, auf denen zwei Wagen einander begegnen konnten, aber auch enge Gassen, in denen Händler ihre Waren anboten. Manche Häuser hatten zwei oder sogar drei Stockwerke! Es gab Märkte und Verkaufsstände und Händler mit Opfertieren für alle Gelegenheiten.
Und es gab das Zelt neben dem Palasttor: das Allerheiligste der Israeliten, mit dem Opferalter!
Die großen Straßen wimmelten von Menschen an diesem Tag, an dem die Soldaten zurückgekehrt waren, es war eine wahre Feststimmung!

---

[4] 1. Sam. 17

Bathseba und David

Bathseba: Wir zogen hinauf nach Jerusalem. Immer wieder blieb ich staunend stehen, um meine neue Welt, meine neue Heimat zu betrachten und zu bestaunen. So viele Häuser und Straßen! Die Türme und besonders ein sehr hohes und großes Haus fielen mir auf.

Erstaunt und froh war ich, als mein Mann Urija plötzlich neben mir auf dem Weg ging, sein Pferd am Zügel mit sich führend.
„Siehst du die großen Häuser dort mit der hohen Mauer ringsherum? Das ist der Palast unseres Königs David! Und unsere kleines bescheidenes Heim, wir können es von hier nicht sehen, ist direkt daneben in der Nähe der Mauer. Der König hat darauf bestanden, dass seine Anführer in unmittelbarer Nachbarschaft zu seinem Palast wohnen, damit wir ohne lange Wartezeiten seine Befehle erhalten können.
Nun, meist sind wir Soldaten ja sowieso unterwegs ..."

Schon wurde er wieder von einem seiner Unterführer gerufen, saß auf und war sofort wieder bei seinen Leuten.
Meine Dienerin Alidja ging neben mir, als wir in die Stadt kamen. Wir zogen von Norden her, an Gihon vorbei, die Anhöhe hinauf in die Stadt und staunten immer wieder über alles, was wir sahen.

An der Seite des Palastes befand sich ein großes, freies Feld. Dort nahmen die Soldaten Aufstellung, um ihrem König zu huldigen und von den Anführern ihren schwer verdienten Lohn in Empfang zu nehmen.
Die beladenen Karren wurden sorgfältig nebeneinander aufgereiht, die Soldaten standen daneben, ebenfalls geordnet. Die Unterführer waren jeweils ungefähr fünf Schritte vor ihren Soldaten zu finden.
Seitwärts, nahe zu den Soldaten, waren die Sklaven und Sklavinnen auf-

gestellt, bedrückt auf ihr weiteres Schicksal wartend.

Die Frauen der Soldaten kamen aus allen Teilen der großen Stadt auf dieses Feld gelaufen; sie wollten endlich ihre Männer begrüßen, nachdem sie so lange mit ihren Kindern allein waren.
So manche Frau aus Jerusalem suchte ihren Mann vergebens; er war im Krieg geblieben! Klagelieder, laut, eindringlich, wurden angestimmt. Weinende Kinder liefen über das große Feld und suchten ihre Väter, bis sie schließlich traurig wieder zu ihren Müttern zurückkehrten.
Auf dem Dach des Königspalastes erschien eine Gruppe von Männer, einer davon sehr prächtig gekleidet. König David!
Ein jugendlich wirkender, sehr gut aussehender Mann mit hellem Haar, wie ich feststellte, und Alidja bekam glänzende Augen. „Welch ein Mann!"
„Schweig! Es ist unser König!"

Urija lenkte sein Pferd auf einen kleinen Erdhügel und richtete sich im Sattel auf:
„Männer des Königs!" Machtvoll, stolz klang seine Stimme.
„Männer Israels!"
„Ihr habt in unserem Krieg, in JAHWE's Krieg gegen die Aramäer tapfer gekämpft. Viele von denen, die mit uns in diesen heiligen Krieg zogen, sind durch Feindes Hand gestorben, sie sind jetzt bei Gott.
Ihr aber, die ihr lebt, sollt jetzt euren gerechten Lohn erhalten, und auch die Witwen der gestorbenen Soldaten und ihre Söhne und Töchter sollen von unserer Kriegsbeute ihren Anteil erhalten!"
König David stand während Urija's Rede auf dem Dach des Palastes, zusammen mit seinen Männern.
Urija wandte sich zum Palast hin:

Bathseba und David

„Mein König, Gesalbter des Herrn! Die Aramäer sind geschlagen, wir haben reiche Beute gemacht, die wir dir nun darbringen!"

Und an seine Soldaten gewandt: „Ladet von den Karren alle Kriegsbeute ab, die wir gemacht haben!"

Die Männer taten, wie es ihnen befohlen war, breiteten die Beute vor den Karren für den König aus.

David rief vom Dach des Palastes herab: „Wartet, ich will zu meinen tapferen Männern kommen und sie eigenhändig bezahlen und belohnen!"

Tatsächlich kam er, von vielen Männer des Hofes begleitet, aus dem Palast. Alidja und ich standen seitwärts an einer Stelle, an der keine Soldaten und deren Familien waren.

„So ein schöner Mann!" Alidja verfiel schon wieder in ihre Begeisterung.

„Du solltest deine Zunge im Zaum halten!" fuhr ich sie an. „Er ist der König, und du bist meine Dienerin!"

„Ja, aber man wird doch wohl noch seine Bewunderung äußern dürfen, und es stimmt doch, oder nicht?"

Ich verzichtete, meine Meinung zu äußern. Aber insgeheim musste ich ihr zustimmen …

Urija saß ab und übergab das Pferd an einen der Palastwächter: „Pass gut auf das Tier auf, es hat deinem König schon gute Dienste geleistet und soll das noch öfter tun!"

Die Männer des Königs begannen, die Beute, die ja eigentlich nur dem Herrscher zustand, unter den Soldaten und den Witwen zu verteilen, ein Vorgang, der dem König viel, viel Zustimmung und Anerkennung brachte, nicht nur unter den Betroffenen.

Bathseba und David

Der König selbst ging durch die Reihen der Soldaten, sprach mit ihnen, klopfte dem einen oder anderen auf die Schulter, vergab Geschenke aus der Beute.

Dann ging er zu der Gruppe der Sklavinnen, betrachtete sie prüfend, griff bei vielen auch wohl an ihre Körper, etwa so, wie ein Viehhändler seine Ware auswählt.

Hin und wieder zeigte er auf eine der Frauen. Einer der Wachsoldaten nahm dann die Frau am Arm und führte sie in Richtung Palast.

Es wurde eine große Anzahl von jungen Frauen weggeführt in ein ungewisses Schicksal.

Für die Verteilung der nicht vom König ausgewählten Sklavinnen und der Sklaven waren danach Davids Hofbeamte zuständig.

Alidja und ich waren von diesem Vorgang völlig verstört. „So darf er doch nicht mit den Frauen umgehen!" Wir waren entrüstet. „Es sind ab jetzt seine Sklavinnen!" Mehr konnte ich dazu nicht sagen, schließlich war sie in Aram ebenfalls so ausgesucht worden, und zwar wahrscheinlich von Urija! Aber ich war froh, das der König meine Dienerin nicht bemerkt hatte, sie hätte ihm sicher auch sehr gut gefallen!

Nach Abschluss der ganzen Angelegenheit ließ der König meinen Urija zu sich rufen und lobte ihn vor der ganzen versammelten Truppe ausdrücklich. Dann übergab er ihm eine große Menge der eroberten Beute, viele Dinge aus Gold waren dabei, wie ich von Alidjas und meinem Standpunkt aus erkennen konnte, mehr Beute, als er allein tragen konnte!

Langsam senkte sich die Abenddämmerung über die Stadt, die Sonne versank hinter der Palastmauer; der König und sein Gefolge zogen sich wieder in den Palast zurück.

Urija stieg erneut auf den kleinen Hügel vor seinen Kämpfern, richtete noch einmal das Wort an sie: „Männer, ich bin stolz auf euch! Ich hoffe sehr, dass ihr alle gerecht entlohnt wurdet, und ihr damit eure Familien eine lange Zeit ernähren könnt. Jetzt aber geht nach Haus zu euren Frauen und Kindern und erholt euch vom Kampf. Wer weiß schon, wann Israel wieder einmal gegen den Feind ziehen muss!"
Die Männer nahmen ihre Bündel auf, die Soldaten mit den Karren, die jetzt sehr viel leichter waren als beim Weg über die Berge, zogen davon in das Lager, in dem sie in Friedenszeiten lebten.

Ein Karren aber, den Urija bestimmt hatte, wurde mit seinem Beuteanteil beladen.
„Geht mit dem Karren zu meinem Haus, ihr wisst ja, wo es steht!" wies er zwei seiner Soldaten an, „und dann geht zurück ins Lager. Ihr Frauen folgt dem Karren, ich werde auch bald zu hause sein."

Wir taten, wie er es gesagt hatte, und folgten dem Karren bis zu einem ziemlich großen Haus fast an der Palastmauer. Es lag in einem großen Garten, umgeben von einer über mannshohen Mauer aus Ziegeln, die sorgfältig mit Lehm verstrichen waren; kein Haus eines armen Mannes!

Papyrus 6

Zuhause

Erzähler:

Das Haus war an einem leicht abfallenden Hang erbaut, in Sichtweite auf die Mauer des Palastes.
Es ist das Haus eines siegreichen Soldaten.
Das Haus von Urija.
Die Häuser der anderen erfolgreichen, tapferen, siegreichen Soldaten waren zur Zeit König Davids in der Regel alles andere als prächtig, aber dieses ...
Mehrere Zimmer für den Hausherrn, Räume für die Diener, für mehrere Frauen und für die Sklavinnen: alle mussten in diesem Haus untergebracht werden, und der Baumeister, der es erbaute, hatte seine Arbeit verstanden!
Das Haus des Urija, wie wir sehen werden, war zwar nicht so groß und prächtig wie der Palast, aber durchaus sehenswert: eine ganze Reihe von Räumen, teilweise miteinander verbunden, die Zimmer des Herrn und seiner Hauptfrau sehr prächtig ausgestattet, die Kammern der anderen Bewohner gut und solide.

Bathseba: Der Diener Urijas öffnete die breite, schwere Tür, als wir bei unserem neuen Heim ankamen.
„Seid gegrüßt hier im Hause Urijas, willkommen! Ich bin Machian, sein und dein Diener", wandte er sich an mich, „und du musst Alidja sein!" Urija oder einer seiner Männer hatten Machian schon zuvor über uns be-

nachrichtigt, und über diese freundliche Begrüßung haben meine Dienerin und ich uns sehr gefreut!

Machian war ein sehr großer, kräftiger Mann von etwa dreißig Jahren. Er nahm sofort unsere Bündel und trug sie ins Haus.

Wir betraten das Haus durch den ziemlich breiten, mit einer schweren Tür zu verschließenden Eingang. Fast wäre ich über die steinerne Schwelle gestolpert und gestürzt, wenn Alidja mich nicht gehalten hätte.

„Ich werde euch alles zeigen hier im Haus und auch im Garten", fuhr Machian fort, „und für euch ist schon alles hergerichtet, unser Herr hat mir bereits Nachricht gegeben!" So, wie ich es vermutet hatte!

Das Haus war erstaunlich groß und auch schön ausgestattet. Ich mochte keine Vergleiche zum Haus meines Vaters anstellen, aber hier in Jerusalem war, wie mir schien, sowieso alles viel größer und schöner.

Schon der Eingangsbereich des Hauses, meiner neuen Heimat, war sehr großzügig bemessen.

Direkt hinter der der Tür, durch die wir eingetreten waren, befand sich eine großzügige Eingangshalle mit prächtigen Haltern für Leuchten an den Wänden. Von dieser Halle aus direkt erreichbar war ein Raum, fast ein Saal, von dem ich sofort begeistert war. Er war völlig mit schönen, weichen Teppichen ausgelegt. Kissen waren an den Seitenwänden geradezu aufgestapelt, mehrere niedrige Hocker und ein Tisch für Speisen und Getränke befanden sich in der Mitte des Raumes. Durch das niedrige Fenster in Kopfhöhe fiel leider nur wenig Licht, aber so konnte die Hitze des Sommers, der ja bald kommen würde, wie das Licht kaum hereinkommen. An der rechten Seite dieses Raumes, ich nannte ihn 'schönes Zimmer', war ein Bänkchen, auf dem eine Reihe von Öllampen auf den

Abend und die Nacht warteten; an den Wänden, wie schon in der Eingangshalle, auch wieder schön geschmiedete Halterungen für eben diese Öllampen.

Von der Halle aus ging es in ein weiteres Zimmer, in dem gekocht werden konnte, und von dort in eine Vorratskammer, die ebenfalls recht geräumig war, aber kein Fenster hatte
In allen Räumen und Kammern gab es an den Wänden diese schönen eisernen Halter für Öllampen, die in der Nacht das Haus erhellen sollten, und viele kleine Bänke mit Kissen darauf waren überall im Haus verteilt; diese schönen eisernen Lampenhaltern, und ich konnte das durchaus beurteilen – davon musste mein Vater unbedingt erfahren!

Alidja und ich waren erstaunt. So prächtig, so großzügig hatten wir uns unser künftiges Heim nicht vorgestellt.
Noch weitere Räume galt es zu erkunden: ein Schlafgemach, das anscheinend für mich vorgesehen und sowohl über einen Durchgang wie auch direkt vom 'schönen Zimmer' aus erreichbar war, genau wie das Zimmer meines Herrn und Mannes Urija.
Ein weiterer Durchlass von der Halle aus führte in einen Gang, von dem wiederum mehrere Nebenräume erreichbar waren, teilweise mit, manche ohne Fenster. Einer der Räume, der direkt an mein Gemach grenzte, konnte sehr gut als Schlafraum für meine Dienerin oder auch von mehreren Frauen, genutzt werden. Am Ende des Ganges war das Reich für Machian und, wenn es sie einmal geben sollte, für weitere Diener.

Besonders schön fand ich, dass in den Schlafräumen, sowohl Urijas als auch meinem und dem der Dienerin, die Möglichkeit bestand, sich zu waschen, denn etwas erhöht an der jeweiligen Außenwand war ein steinerner Sockel mit einer tiefen Höhlung, in die man Wasser schüttete, das durch einen mit einem Holzstopfen verschließbaren Durchlass nach außen in den Garten abgelassen werden konnte.

Welch ein Luxus, den ich aus meiner Heimat ja überhaupt nicht kannte; wir waren ja gegenüber meinem Ehemann sehr einfache, so zusagen fast arme Leute in unserem Dorf in Gilead.
Alidja war, genau wie ich, von dem ganzen Haus sehr angetan!
„Herrin, hier wollen wir bleiben bis ans Ende unserer Tage!" schwärmte sie, „und so, wie ich bisher gesehen habe auf dem Weg nach hier, ist auch die Stadt sehr schön und nicht so klein wie dein und mein Heimatdorf!"

Bathseba und David

Papyrus 7

Urija

Erzähler:

Er war schon ein wichtiger und heldenhafter Soldat, der Hethiter Urija! Viele Schlachten und Einzelkämpfe hatte er siegreich überstanden. Nicht unverdient zählte er zu den „Siebenunddreißig Helden" in Davids Heer.

In der Zeit, von der ich erzähle, war er etwa so alt wie König David, also etwa fünfzig Jahre.

Er stand in der ersten Reihe der Kämpfer bei der Eroberung Jerusalems vor einigen Jahren, kämpfte heldenhaft mit seinen Männern gegen die Aramäer im Norden Israels, schlug die Philister, die immer wieder Unruhe in das Land brachten, in mehreren Schlachten.

Groß gewachsen war er von Gestalt, muskulös. Seine dunklen Haare begannen, einige graue Strähnen zu zeigen, was sein energisches Gesicht für die Frauen noch interessanter machte.

Die tiefe, kraftvolle Stimme war das befehlen gewohnt und duldete keinen Widerspruch. Seine Augen, die mich schon in meiner Heimat so fasziniert hatten und die so liebevoll schauen konnten, blickten aber hart und befehlend, wenn er nicht mit mir zusammen war!

Bathseba: Er kam zu uns in sein Haus, als die Abenddämmerung gerade begann.

Ergeben, aber durchaus selbstbewusst, öffnete ihm Machian die Tür.
„Seid willkommen, Herr!"
„Ich danke dir für deinen Willkommensgruß! Sind die Frauen schon ein-

getroffen, und der Karren mit meinen Sachen?"
„Ja, Herr, die habe ich weggeräumt, und den Frauen ich haben schon ein wenig das Haus gezeigt, nur der Garten fehlt noch, dafür ist es jetzt schon zu dunkel!"

„Gut! Nun bereite das Abendessen vor. Die Dienerin von Bathseba soll dir dabei helfen. Ich weiß, dass sie das kann, in ihrer Heimat hatte sie eine Familie, wenn auch ohne Kinder. Zuvor aber bereite mir noch ein Bad. Später und auch in den nächsten Tagen wirst du mir berichten, was sich während meiner Abwesenheit hier in Jerusalem ereignet ereignet hat. Jetzt aber trage meine Sachen ins Haus. Und nach dem Bad bring mir zu essen und zu trinken, und mein Weib soll mit mir zu Tische sein!"

Machian trug zunächst das Gepäck seines Herrn ins Haus. Als nächstes eilte er wie befohlen hinaus und bereitete seinem Herrn im Garten, nahe der Hausmauer, in dem großen steinernen Bottich ein Bad. Dann war er in die Küche beschäftigt, um die gewünschten Speisen vorzubereiten und Getränke zu holen. Sein nächster Weg führte ihn hinüber zu Alidja: „Die Herrin soll mit dem Herrn speisen! Kleide sie an mit dem schönsten Kleid, das du finden kannst!"

Machian kannte sich aus mit den Wünschen seines Herrn, schon häufig hatte Urija Frauen in seinen Gemächern gehabt, allerdings noch nie eine Ehefrau. War das jetzt etwas anderes als die Sklavinnen, die ihm zu Willen sein mussten? „Es wird sich zeigen", dachte der Diener, während er das Mahl für seinen Herrn und seine Herrin vorbereitete. Und nebenbei auch noch für die neue Dienerin und sich.

Bathseba und David

Urija hatte inzwischen sein Bad beendet. „Wie lange dauert das denn mit dem Essen? Ich bin sehr hungrig!" klang es energisch aus dem großen Zimmer, „und wo bleibt Bathseba, mein Weib?"

„Kommt alles sofort, Herr. Aber die Herrin muss sich ja erst noch schön ankleiden für dich!"
Ein undeutliches Knurren war aus dem großen Zimmer zu hören.
„Was bereitest du vor?"
„Hühnchen, zartes Fleisch vom Lamm, warmes Brot, Früchte" war die Antwort.
Wieder kam ein Brummen von Urija, diesmal zufriedener.
„Zünde die Lampen an!" war die nächste Anweisung an den Diener. Der kam unverzüglich mit einem brennen Holzspan und entzündete einige der Öllampen.
„Mehr Licht! Ich will mein Weib schließlich sehen können!"
„Jawohl, Herr!"

Alidja hatte mich in der Zwischenzeit angekleidet. Seltsamerweise fand sich in meinem Zimmer ein wundervolles, weiches Kleid, das meine Figur umschmeichelte, ein wenig durchscheinend, so das mein ganzer Körper zu erahnen war. Sie steckte mir die Haare zu einem Kranz hoch, wie man es bei Bräuten sah. Die Wangen rieb sie mit einer rötlichen Farbe, die ebenfalls vorhanden war, ein, die Augenbrauen schwärzte sie mit einer Paste, die sie aus ihrer Heimat mitgebracht hatte.
„Du siehst aus wie eine Prinzessin!" lobte sie selbst ihr Werk. Ich konnte mich ja leider nicht selbst sehen, kam mir aber sehr schön vor.
„Nun geh, der Herr erwartet dich!" schickte sie mich aus dem Zimmer.

Bathseba und David

Ich betrat das große Zimmer durch die Tür von der Eingangshalle aus. Urija lag auf der Bank mit den vielen Kissen, neben dem niedrigen Tisch für die Speisen. Er wartete auf das Essen, das Machian bringen sollte. Und er wartete auf mich, seine Frau, die er erst seit wenigen Tagen sein Eigen nannte.

Als ich hereinkam, richtete er sich ein wenig auf, nur ein wenig. „Setz dich her zu mir, auf eines der Kissen, und lass dich anschauen!"
Ich tat, wie mir geheißen.

„Wie schön du bist, meine Wüstenblume!" Ich fühlte mich geschmeichelt. „Noch viel schöner als bei unserer Hochzeit im Zelt. Deine Dienerin hat dich für mich geschmückt, oder hat sie nicht? Doch, sie hat, nach Art ihres Landes! Es gefällt mir. Es gefällt mir sogar sehr gut!
Du gefällst mir, hätte ich dich sonst zur Frau genommen?
Aber bevor ich mich noch weiter in deiner Schönheit ergehe, wollen wir etwas zu uns nehmen. Du bist sicher auch von dem langen Weg, der hinter uns liegt, durstig und hungrig!"
Ich nickte leicht mit dem Kopf.
Nach einer kurzen Zeit des Schweigens, in der er mich unablässig mit seinen dunklen Augen ansah: „Machian! Bring uns zu trinken und zu essen!"

Kein einziges Wort sagte ich, Urija hatte mich auch nicht dazu aufgefordert.
Machian brachte Wein und Wasser und Becher dazu, schenkte die Becher voll mit dunkelrotem Wein.
„Wir wollen gemeinsam trinken auf die Zeit, die vor uns liegt. Auf unsere

Söhne, die du mir sicher schenken wirst! Und auf deine Schönheit. Möge sie nie vergehen soll! Lass uns trinken!"

Ich hatte noch nie in meinem Leben Wein getrunken, aber von den Männern in meiner Heimat wusste ich ein wenig von seiner Wirkung. Wenn sie Wein gehabt hatten, wurden sie immer sehr fröhlich, manche aber auch sehr unfreundlich zu Frauen. Manche suchten sogar Streit mit anderen Männern.
Ich trank deshalb nur einen ganz kleinen Schluck, und dann noch einen. Der Wein war sehr süß und schmeckte mir sehr, sehr gut! „Trink ruhig noch etwas, ich passe auf dich auf!" Urija sah mich mit Wohlwollen, ja liebevoll an. „Trink nur!" Mir wurde schon ein wenig schwindlig ...
Ich nahm wieder nur einen ganz kleinen Schluck.

„Machian, das Essen!" ging der Ruf zu seinem Diener, der sofort auf einer schönen großen Zedernholz-Platte die Hühnchen brachte, und Alidja brachte zwei weitere, kleine Platten, damit wir die Fleischstückchen beim Essen ablegen konnten. Die Hühnchen, erst mit Gewürzen gekocht und dann gebraten, schmeckten wunderbar.
Nach dem Hühnchen forderte mich Urija erneut auf, von dem Wein zu trinken. „Nimm nur, wir haben einen großen Vorrat davon!" Und dann: „Ja, kochen kann er, unser Diener!"
Ein so gutes Hühnchen hatte ich noch nie gegessen, aber meine Mutter kannte ja auch keine Gewürze! „Machian, das Fleisch!" ging erneut ein Ruf, ein Befehl Urijas in Richtung Küche.

Machian kam und nahm zuerst die Teller und die Reste des Hühnchens wieder mit. Dann kam er mit einer weiteren hölzernen Platte wieder zu uns, auf der zwei Stücke Lammfleisch vom Rücken - noch mit den Knochen daran - und dazu dampfendes Brot lagen.

„Ich wünsche, dass es euch schmecken und bekommen möge!" Mit diesen Worten verließ er uns wieder, und wir nahmen reichlich vom Fleisch, das ganz wunderbar zart gebraten war. „Hmm!" Ich konnte diese ungefragt Äußerung einfach nicht unterdrücken. Urija sah mich mit Freude im Gesicht an. „Es freut mich, dass es dir so gut schmeckt! Machian hat immer wieder neue Gewürze für das Fleisch, er findet so etwas auf dem Markt".

„Trink noch einen Schluck Wein, wir haben doch genug davon!" ermunterte mich mein Mann, „und wir haben heute ganz, ganz viel Zeit für uns, nur für uns!"

Unser Essen zog sich über eine lange Zeit hin, immer wieder nahmen wir vom Fleisch und dem Brot und tranken von dem süßen Wein.
Ich hatte den Eindruck, dass Urija irgendwie unruhig wurde.
„Machian! Wegräumen!" Ganz plötzlich wurde unser gemeinsames Essen von ihm beendet.
Der Diener tat, wie es ihm befohlen war. „Soll ich jetzt die Trauben bringen?" „Nein!" war die barsche Antwort, „und scher dich hinaus!"
Schade, ich hätte gern von den Trauben gegessen!

Stille herrschte für einen Augenblick zwischen uns.
Dann sprach er mit leiser, etwas rauer Stimme weiter: "Kannst du tanzen?" „Ich weiß nicht, ich habe es noch nie versucht".
„Deine Dienerin soll kommen!"
„Alidja! Komm zu mir!" Sie kam sofort.
„Hol eine Trommel, sie liegt in dem Zimmer mit den schönen Kleidern.

Und schlag sie im Takt, deine Herrin will dazu tanzen!"
Alidja ging und kam kurz darauf mit einer kleinen Trommel wieder. Schon im kommen schlug sie einen langsamen, rhythmischen Takt darauf.
Sie bewegte sich im Rhythmus der Trommel. Urija und ich sahen ihr dabei zu.
„Und jetzt du, meine Wüstenblume!"
Alidja übergab mir die Trommel und verließ das Zimmer.
„Tanz!"
Zunächst langsam und noch ungeübt versuchte ich, seinem Wunsch zu entsprechen. Je länger ich die Trommel schlug und mich zum Takt bewegte, desto besser ging es.
„Trink noch etwas von dem Wein, das macht dich locker!"
Ich tat, wie mir geheißen. Und tatsächlich, bald beherrschte ich das Instrument, und mein Körper bewegte dich immer besser und geschmeidiger im Takt. Ich konnte tatsächlich zur Trommel tanzen...
„Du tanzt wie einst Miriam!" Urija war mit mir zufrieden.
Mein Tanzen dauerte nicht sehr lange, als er zu mir kam und mich, ohne ein Wort zu sagen, umfasste und dann mit seinen starken Armen hoch hob und in sein Schlafgemach trug.

Ich hätte meiner Dienerin am nächsten Morgen von einer wunderbaren Nacht berichten können, wenn nicht ... Aber davon später.

Bathseba und David

Papyrus 8

An einem Nachmittag

Erzähler:

Das tägliche Leben in Jerusalem war bestimmt vom Handel mit dem Umland und in der Stadt, mit befreundeten Ländern, mit Vorbereitungen auf Kriege. Manchmal gab es auch Feste, wenn der Jahrestag der Krönung Davids oder das Fest der Bundeslade bevorstanden.

Häufig kamen Handelsleute aus fernen Ländern in die Stadt, fremdländisch anmutende Menschen bevölkerten die Straßen und Plätze. Der König und seine Beamten im Palast wurden in der Stadt kaum gesehen, es sei denn, es gab einen wichtigen Anlass oder ein Fest.

Allerdings: wer den König sehen wollte, brauchte nur gegen Einbruch der Dämmerung zum großen Tor des Palastes zu gehen. Dorthin ging er an fast jedem Abend in der Dämmerung - zum Heiligtum, dem Zelt Gottes, um mit JAHWE zu sprechen und zu opfern. Und es gab für die Männer aus dem Volk tagsüber zu bestimmten Zeiten die Möglichkeit, ihre Anliegen dem König direkt vorzutragen!

Bathseba: Urija war schon am Morgen sehr früh aufgestanden. Seinem Diener gab er die Anweisungen für den Tag, und dann begab er sich auf den Weg zu seinen Soldaten, denn diese mussten immer wieder für ihr Handwerk, das Kriegshandwerk, üben, vor allem den Schwertkampf und den Umgang mit dem Kurzdolch.

Meine Dienerin weckte mich erst, als die Sonne schon hoch am Himmel stand.

Neugierig stand sie beim Ankleiden bei mir: „Sag, wie war deine erste Nacht mit deinem Mann hier im Haus? Und hast du etwas schönes geträumt? Solche Träume sollen ja in Erfüllung gehen!"

„Ach, Alidja! Ich werden dir jetzt doch nicht von meiner Nacht mit Urija erzählen, nur eines: es war wunderbar! Meine Träume in dieser Nacht: Ja, ich habe geträumt, sehr lange und sehr intensiv. Aber auch davon kann ich dir leider nichts erzählen, denn die Träume verwirren mich noch immer, ich muss selbst damit erst einmal zurecht kommen!"

Alidja sah mich etwas enttäuscht an, sagte aber nichts. Schweigend half sie mir beim Ankleiden.

In der Tat: meine Träume in dieser Nacht sollte ich wirklich niemandem erzählen, so absonderlich waren sie!

Ich saß auf einem Pferd und ritt mit Urija über das Land, immer weiter zurück über die Berge zu meinem Heimatort. Wir waren schon sehr lange, mehrere Tage, unterwegs, als Urijas Pferd plötzlich strauchelte und er hinunter stürzte. Bei diesem Sturz verletzte er sich am Kopf, und viel, viel Blut trat heraus. Ich rief, schrie um Hilfe, aber niemand konnte mich hören. So hob ich den schweren Mann wieder auf sein Pferd und kehrte wieder um nach Jerusalem, das ich seltsamer Weise schon nach ganz kurzer Zeit erreichte. Ein Soldat der Palastwache kam herbei, um mir zu helfen, aber er sagte nur, dass mein Mann nicht mehr lebe, der Feind habe ihn getötet. Einer der Priester aus dem Allerheiligsten trat voller Ehrerbietung hinzu: „Sei gegrüßt, meine Königin!"

So etwas schreckliches wie in diesem Traum hatte ich noch niemals geträumt! Ich war völlig verwirrt und in Schweiß gebadet aufgewacht, und

es dauerte sehr lange, bis ich wieder einschlafen konnte, und das alles nach diesem wundervollen Abend mit Urija!
Tawananna! Dieses Wort aus der Sprache meiner Heimat fiel mir nach dem Erwachen sofort ein.
Tawananna! Königin! Königin?

Nach dem Frühstück, das Alidja mir brachte, musste ich mich erst noch sammeln und meine Gedanken sortieren, bevor ich in den Tag ging!

Dieser Tag war dazu bestimmt, das wir uns in unserem Haus einrichten und zurechtfinden konnten, das Haus selbst hatte uns ja schon Machian ein wenig gezeigt.
Haken aus Zedernholz an der Wand dienten für die Aufbewahrung der Kleidung, kleine Tische für die Ablage und hoch gemauerte Nischen für das Unterbringen von kleinen Dingen.
Jetzt wollte ich erst einmal meine - zugegebenermaßen wenigen - Sachen in meinem Zimmer gut verstauen. Alidja hatte schon gestern, als Urija mich so lange bei sich hatte, begonnen, meine Kleidung und alles andere aus den Bündeln zu nehmen und erst einmal in die Nischen zu legen, und die wenigen Kleider und die beiden Umhänge, die ich aus Gadara mitgebracht hatte, hingen schon auf den Haken an der Wand.

Meinen kleinen Hund aus Leder legte ich auf das Tischchen neben meinem Lager, das war mir wichtig, denn ich hatte mir geschworen, meine Familie nie zu vergessen, und erst recht nicht meinen Lieblingsbruder Arnuwanda!

Das Kleid, mit dem mich Alidja gestern gekleidet hatte, hing nicht in mei-

nem Zimmer, meine Dienerin hatte es schon weggeräumt. „Wo hattest du denn gestern das schöne Kleid gefunden? Urija war ja ganz begeistert!" „Naja, es gibt da neben meinem Zimmer noch einen kleinen Raum, in dem noch eine ganze Reihe solch schöner Kleider sind. Und Machian hat mir gesagt, dass Urija immer den Frauen, die er sich ins Haus geholt hat, Kleider geschenkt hat. Die Frauen gingen, aber alle Kleider sind hier geblieben, und sie werden dir gefallen. Und sie passen, denn seine Frauen hatten alle eine ähnliche Figur wie du, soweit ich das beurteilen kann!"
Ich war sehr erstaunt. Urija und viele Frauen? Ich dachte, ich sei seine Frau! Das habe ich dann auch zu Alidja gesagt, die in ein helles, fröhliches Lachen ausbrach. „Verzeih mir, Herrin, dass ich lachen muss! Meinst du, dein Mann hat in seinem Alter noch nie eine andere Frau besessen?"
Ich wurde nachdenklich. „Du hast sicher recht! In seinem Alter! Aber das macht ja eigentlich nichts, solange er mich behält und weiterhin so - so liebevoll zu mir ist. Ich mag ihn sehr, auch wenn wir uns jetzt noch nicht einmal einen halben Monat kennen!"

„Männer sind anders als wir Frauen," meinte Alidja, „sie sind immer darauf versessen, Frauen zu besitzen, und ganz oft verstoßen sie sie dann auch wieder, zum Beispiel, wenn sie keine Söhne bekommen haben". „Ist es dir denn mit deinem Mann auch so ergangen? Hatte er dich verstoßen?"
„Oh nein, er hatte mich nicht verstoßen! Aber neben mir als seiner ersten, seiner Hauptfrau waren mit mir noch sechs oder sieben andere mit im Haus, und die hatten natürlich Kinder, Söhne und Töchter. Alle haben ganz schrecklich geweint, als die Israeliten ihren Mann und Vater getötet haben!"

Bathseba und David

Wieder kommen ihr die Tränen.

„Du bist ja jetzt Urijas Hauptfrau, ja, im Augenblick die einzige Frau. Sieh zu, dass du ihm viele Söhne gebärst, dann hat er keinen Grund, dich zu verstoßen!" „An mir soll es nicht liegen," antwortete ich ihr, „obwohl ich noch nie an eigene Kinder gedacht habe, und ich bin ja auch noch so jung!"

Bei unseren Gesprächen war es schon Nachmittag geworden, die Sonne stand im Westen. Ich verspürte Hunger. „Alidja, ich habe Hunger!"

Schnell war die Angesprochene verschwunden zu Machian, in die Küche. Ich hörte die Beiden miteinander reden, verstand auf meinem Lager aber kein Wort.

Als sie zurückkam, trug sie eine Platte, auf der die köstlichsten Süßspeisen lagen. Mit Honig kandierte Trauben, süße Brotstückchen mit Rosinen darin, Früchte im Teigmantel - Machian hatte seine ganze Küchenkunst aufgeboten und die Speisen schon am Vormittag zubereitet. Überhaupt, er war, soweit ich das schon jetzt erkennen konnte, ein vorzüglicher Koch, und anscheinend konnte er Gedanken lesen.

„Alidja, hilf mir beim Essen! Ich werde sonst die schönen Kleider nicht anziehen können, so dick werde ich, wenn ich alles allein essen muss!"

„Machian meint, du sollst keine Not leiden, solange er hier im Hause ist. Kochen und solche Dinge zubereiten macht ihm viel Freude."

Die Stunden vergingen, und ich hatte noch nicht einen einzigen Schritt vor die Tür gesetzt.

Ich langweilte mich. Nichts ereignete sich in diesem Haus am Tag, nur essen und trinken und manchmal mit Alidja reden.

Papyrus 9

Neugierde

Erzähler:

Die Stadt beherrschend war der Palast auf seinem Hügel. Er wurde umrahmt von einer hohen steinernen Mauer, an deren Fuß staubige, schmutzige Straßen und Gassen zu finden waren. Der Eingang zum Palast: aus großen Quadern gefügt, nachts durch eine schweres hölzernes Tor verschlossen.

Direkt neben dem Eingang: das Zelt mit dem Allerheiligsten. Bewacht von Priestern und Soldaten mit schwerer Bewaffnung. Niemand soll unerlaubt in das Heiligtum eindringen können.

Auf den Straßen und Wegen entlang der Palastmauern: schwer bepackte Frauen mit ihren Männern, die dem Marktplatz neben der Mauer zustreben. Eselskarren, hoch beladen. Soldaten mit Schwertern. Alle waren auf den Straßen rund um den Palast unterwegs. Die von der Hauptstraße abgehenden Seitenstraßen sehr schmal und eng, kaum, dass ein Karren hindurch gezogen werden konnte. Hier leben die Menschen Jerusalems, eine bunte Mischung aus allen Völkern des Orients.

Bathseba: Es war ein sehr schöner, nicht mehr heißer Frühjahrs-Nachmittag, an dem ich auf den Gedanken kam, den Palast und die Stadt etwas genauer anzusehen.

Wir hatten jetzt schon drei mal den Sabbat gefeiert in unserem Haus, und ich hatte es bisher nur von der Gartenseite her von außen gesehen. Das wollte ich jetzt ändern.

„Alidja, wir wollen in die Stadt gehen, bring mir meinen leichten Umhang und ein Tuch für meine Haare! Und zieh dich an, wir wollen jetzt gleich losgehen."

Alidja zögerte, tat dann aber, wie ich es angeordnet hatte, und war nach ganz kurzer Zeit zur Stelle. Sie legte mir meinen Umhang um, auch sie selbst trug, aus etwas gröberem Tuch, einen Umhang. Die Haare verhüllten wir etwas mit leichten Tüchern.

„Lass uns gehen!"
Da unsere Haus in der Nähe des Palastes stand, waren wir sofort inmitten vieler Menschen, die sich in den Straßen drängten. Zunächst gingen wir in Richtung Palast zu der belebten Straße, die entlang der Mauer verlief. Zerlumpte Bettler und prächtig gekleidete Männer, Soldaten und Priester mit ihren weißen Gewändern waren dort anzutreffen. Wir wurden immer wieder von den Menschen angestarrt, als seien wir seltene Tiere. Schließlich sprach uns eine Frau an. Sie war unverschleiert wie wir. Ihre Lippen waren grell rot angemalt, die Augen mit schwarzer Farbe umrahmt. Ihre Kleidung war, so muss ich sagen, ziemlich unmoralisch, man konnte viel Haut sehen unterhalb des Halses.

„Ihr solltet nicht ohne Mann unterwegs sein so wie ich, und auch nicht unverhüllt. Es kann sonst sehr leicht geschehen, dass man euch ebenfalls für Dirnen hält, wie ich eine bin, und euch einfach so mitnimmt! Mir macht das nicht mehr viel aus!"

Wir waren sehr erstaunt. In meiner wie auch in Alidjas Heimat kannte man so etwas nicht!

„Lass uns schnell wieder nach Haus gehen," sagte ich zu meiner Dienerin, „das ist mir dann doch zu gefährlich!"

Die Blicke vieler Männer und auch Frauen folgten uns, als wir die eigentlich wenigen Schritte bis zu unserem Haus gingen, ja fast liefen.

Machian stand an der Eingangstür und sah uns ganz erstaunt an: „Woher kommt ihr? Ihr könnt doch nicht einfach das Haus verlassen, ohne dass ich mit euch gehe oder unser Herr euch begleitet! Tut das nie wieder, ich müsste dem Herrn davon berichten!"
Kleinlaut gingen wir ins Haus. Machian verschloss hinter uns die Tür.

Urija kam erst, als die Nacht schon hereingebrochen war. Barsch rief er nach Machian. „Berichte, was hat sich heute ereignet?"
„Nichts von Bedeutung, Herr. Ein Händler war an der Tür und wollte Stoffe verkaufen und Felle; er hat wohl mitbekommen, dass jetzt wieder Frauen im Haus sind. Ich habe ihn wieder weggeschickt, aber ich weiß, wo ich ihn finden kann, falls er doch für euch und die Herrin etwas verkaufen soll.
Das Essen steht bereit für dich und die Herrin, soll ich es wieder in den Saal bringen?" „Tu das, und rufe mein Weib. Sie soll kommen!"

Machian tat wie befohlen. Ich war nur froh, dass er unseren Gang in die Stadt für sich behielt. Heute hatte ich mich nicht so verführerisch gekleidet wie gestern, schließlich ist nicht jeder Tag ein Feiertag.
Es fiel ihm sofort auf. „Du hast dich heute nicht schön gemacht für mich!"
„Nein, Herr, es war keine Zeit dafür. Meine Dienerin und ich hatten zu tun."
Er sah mich fragend an: „Ihr hattet zu tun? Was denn?" „Nun," stotterte ich, „wir waren ein wenig vor dem Haus, sehen, wie es hier aussieht, welche Menschen hier leben." „Ihr habt das Haus verlassen! Machian hat euch begleitet!?"

Bathseba und David

„Nein, Herr, wir sind allein gegangen", gestand ich ihm.
Urija sprang auf. „Ihr wart allein?" „Ja, Herr", entgegnete ich kleinlaut. „Machian!" brüllte er los, „Machian!" Das Gebrüll meines Mannes war im ganzen Haus zu hören. „Und lass mich jetzt allein!"
Marian kam schnell, sehr schnell, nichts Gutes ahnend.
„Wie kann es sein, das die Frauen allein in der Stadt unterwegs waren? Wenn das noch einmal geschieht, will ich dich hier im Haus nicht mehr sehen, oder ich werde dich ganz fürchterlich bestrafen!"
„Herr, verzeih mir. Ich habe nicht erwarten können, dass sich die Frauen heimlich aus dem Haus schleichen. Aber es wird nie mehr vorkommen, und wenn ich vor der Tür schlafen muss ..."
„Geh jetzt und mach deine Arbeit. Ich habe Hunger." Machian ging bedrückt hinaus. Im Gang begegnete er mir, würdigte mich aber keines Blickes ... Ich hatte ihm gegenüber ein ganz schlechtes Gewissen, und vor allem auch, weil ich Urija so verärgert hatte.

Die Dämmerung fiel herab, Machian entzündete die Öllampen. Ich ging hinüber zu Urija. „Habe ich dich gerufen?" „Nein, Herr!" „Dann geh wieder in dein Zimmer; Machian soll dir das Essen dorthin bringen!"
Urija war sehr, sehr verärgert! Das war für mich ziemlich hart, nur weil ich diesen kleinen Fehler gemacht hatte. Nach diesem Erlebnis wollte ich nur noch schlafen; Alidja half mir beim Auskleiden. Dann legte ich mich auf mein Lager.
Ein unruhiger Schlaf ließ mich nicht richtig zur Ruhe kommen. Ich wälzte mich hin und her, stand auf, ging im Zimmer herum, legte mich wieder hin. Ich war ziemlich erschöpft, als mich Alidja am Morgen nach wenigem Schlaf weckte.

Bathseba und David

Papyrus 10

Ein ernstes Gespräch

Erzähler:

Im alten Israel war es, wie auch heute noch in den konservativ-patriachalischen Gesellschaften des Orients und Afrikas, absolut unmöglich, dass eine Frau ohne Begleitung ihres Mannes oder sonstigen Verwandten, in Ausnahmefällen auch eines Vertrauten des Ehemannes, das Haus verließ.

Frauen ohne männliche Begleitung in der Öffentlichkeit wurden (und werden z.T. noch immer) mehr oder weniger als unmoralisches Freiwild betrachtet, erst recht, wenn ihr Gesicht unverschleiert ist.

Andererseits wurde von den Frauen, die einem Mann zugehörten, erwartet, dass sie für Söhne sorgten!

Bathseba: Alidja und ich wollten unbedingt endlich einmal unter Menschen, die Gesellschaft von Urija und Machian war ja nun wirklich nicht so aufregend, obwohl: wenn Urija nach mir rief, wurde es zumeist sehr schön. Aber allein würden wir es nie wieder versuchen, in die Stadt zu gehen!

Er rief auch an diesem Abend nach mir: „Deine Dienerin soll dich wieder so schön machen wie am Abend unserer Ankunft hier!"

Schnell war ich in meinem Zimmer.

„Der Herr verlangt nach mir. Mach mich wieder so schön zurecht wie am ersten Abend hier im Haus. Und gib mir die kleine Trommel, vielleicht soll ich wieder für ihn tanzen!"

Es gab ein noch hübscheres Kleid als vor einigen Wochen im Haus; Alidja suchte es hervor und kleidete mich an, schminkte mich. Mit der Trommel in der Hand ging ich hinüber zu Urija.

„Bevor wir Wein trinken und essen, müssen wir ein paar Dinge bereden". Urija sah sehr ernst aus. „Du fühlst dich in meinem Haus nicht wohl?!"
„Doch, doch", versuchte ich zu widersprechen, aber es gelang mir nicht richtig. „Du fühlst dich nicht wohl, ich merke das. Und da ich bald wieder in den Krieg ziehen werde, möchte ich einige Dinge hier im Haus regeln!"
„Herr, was meinen Wunsch, die Stadt zu sehen, betrifft, kann ich noch warten," warf ich erneut ein.
Urija reagierte nicht auf meine Worte. Dann sprach er weiter. „Es sind jetzt schon viele Monde vergangen, seitdem du hier bist. Du kannst mir noch immer keinen Sohn vorweisen, bist nicht einmal schwanger. Ich frage mich, ob du die Frau bist, die mir Söhne schenken kann. Vielleicht sollte ich mir noch eine weitere Frau kaufen, die mir Söhne gebiert!"
Ich war sprachlos über diese direkten Worte, aber er hatte natürlich Recht, ich hatte immer wieder meine Reinigung.
„Ich kann nichts tun, Herr! Vielleicht kann es eine andere Frau!" Mehr konnte ich nicht sagen.
„Vielleicht... Aber zunächst komm zu mir. Lass uns ein wenig Wein trinken und eine Kleinigkeit essen, und dann sollst du wieder für mich tanzen. Die Trommel hast du ja schon mitgebracht."
Es geschah, wie er gesagt hatte, und wir hatten wieder einmal einen wundervollen Abend.
Bevor ich nach unserem schönen Beisammensein in mein Zimmer zu-

rückging, wollte ich doch noch wissen: "Herr, wann wirst du denn wieder in den Krieg ziehen müssen?"
„In wenigen Tagen!" „Schon?" „Ja, der König hat es befohlen!"
„Und was ist mit einer anderen Frau?" „Das hat Zeit bis nach dem Krieg, falls du dann immer noch kein Kind erwartest!"

Etwas bedrückt ging ich, trotz der Stunden zuvor, in mein Zimmer.
Eine andere Frau, manche Männer hatten auch mehrere, der König sogar sehr viele. Ja, es war ganz normal in diesem Land. Aber etwas traurig war ich schon.
Am nächsten Morgen trafen wir uns wieder und aßen gemeinsam. Urija nahm das Gespräch vom gestrigen Abend wieder auf: „Weißt du, es ist schon sehr wichtig für mich, Söhne zu haben! Wenn ich aus dem Kampf gegen die Philister zurück bin, will ich sehen, wie es weitergeht."
„Herr, was soll ich denn machen?" antwortete ich verzweifelt. „Ganz oft bei mir liegen, ganz oft!" war die Antwort. „Aber das tue ich doch, wann immer du willst und ich gerade nicht meine Reinigung habe!"
„Ich weiß, meine Wüstenblume, ich weiß!"

„Herr, ich habe noch eine andere Bitte. Lass meine Dienerin und mich in Begleitung von Machian hin und wieder in die Stadt gehen, hier fühle ich mich wirklich etwas eingesperrt, auch wenn der Garten sehr schön groß ist. Du kannst dich auf mich verlassen, ich werde keinen anderen Mann ansehen; und außerdem ich möchte gern einmal einige Frauen einladen hierher zu uns. Vielleicht hast du ja Kameraden, deren Frauen auch allein bleiben müssen!"
Nach längerem Nachdenken antwortete Urija: „Na gut, ich frage meine Kameraden. Aber in die Stadt geht ihr nur nur in Begleitung von

Bathseba und David

Machian!"

Es vergingen nur wenige Tage nach diesen Gesprächen, als Urija, mein Mann, den ich so sehr liebte, sein Kriegsgepäck, wie er es nannte, schnürte. Nach Ermahnungen an mich, meine Dienerin und Machian verließ er das Haus, um zu seinen Soldaten zu gehen.

Am nächsten Morgen, wir hörten es an den Kommandos, dem Geklapper der Hufe auf den Straßen, dem Klang der Waffen: es zog eine große Menge Soldaten auf der Hauptstraße an der Palastmauer vorbei, hinab ins Tal, um dann, wieder einmal, gegen die Philister zu kämpfen.

Bathseba und David

Papyrus 11

Die Hungersnot

Erzähler:

Es kamen sehr schwere Zeiten auf Israel zu.

Mehrere Jahre lang hatte es im Frühjahr und Herbst fast gar nicht geregnet. Das Land war ausgedörrt, die Tiere verendeten im Land, weil die Flüssen und Bäche fast kein Wasser mehr führten. Das Getreide verdorrte auf den Feldern, bevor die Ähren reif waren, es gab kaum Brot für das Volk auf den Märkten zu kaufen, denn die Brotbäcker hatten kein Mehl und kein Wasser.

Es war eine ganz große Hungersnot[5] im Land, die sich über insgesamt drei Jahre erstreckte. Sie war ein Strafgericht Gottes wegen des Massakers, das Saul(!) an den Gibeonitern angerichtet hatte. Alle Opfergaben, die das Volk und der König ihrem Gott JAHWE brachten, halfen nicht, er blieb ungnädig.[6]

Außerdem brachen immer wieder im Frühjahr Kämpfe zwischen Israel und den Philistern aus, mit wechselndem Ergebnis, dazu kamen auch Kriege gegen die Ammoniter. Viele gute Männer ließen darin ihr Leben, was die Lage im Lande noch erschwerte. Die Männer, die in den Schlachten blieben, konnten nicht mehr ihre Familien versorgen, ihre Äcker bestellen, ihr Vieh versorgen, was zusätzlich auch noch zu einer hohen Kindersterblichkeit führte.

Bathseba: Urija hat alle diese Kriege gesund überstanden. Seine

---

5   996-993 – siehe „Die Geschichte Israels, aaO, S.389
6   2. Sam. 21,1-14 - ca. Mitte der 990 Jahre. Siehe auch ebd.15-20

Tapferkeit wurde nicht nur von seinen Soldaten, sondern auch vom König immer wieder gelobt.

Aber unser gemeinsames Leben wurde noch immer nicht durch einen Sohn belohnt. Jedes mal, wenn er aus einem Kampf zurückgekehrt war, wurde sein Wunsch danach wieder zu unserem Problem, und er wurde immer trauriger.

„Ich werde mir noch eine Frau holen, wie ich es dir schon angekündigt hatte" sagte er eines morgens, „du kannst mir ja wohl keine Kinder gebären! Trotzdem werde ich dich nicht verstoßen, dazu bist du mir zu vertraut und wichtig, und ich schätze durchaus deinen Rat, und auch deine Zuneigung."

Urija ging zum König, zu den Priestern, zu Freunden in der Stadt, und irgendwann am Abend kam er mit einem hübschen jungen Mädchen zurück.

„Machian!" dröhnte seine Stimme durch Haus, „wir haben noch eine Frau im Haus. Sorge für ihre Unterkunft. Morgen gehe ich mit ihr zu den Priestern und heirate sie, und dann soll sie mir Söhne gebären!"

Ich fand das, was er sagte, nicht sehr freundlich, auch nicht mir gegenüber! Nur heiraten, um Söhne auf die Welt zu bringen, ohne Vertrautheit, ohne Zuneigung und Vertrauen?

Die Neue, sie hieß Miriam, hatte Angst, ich sah es ihr an. Angst vor Urija, Angst vor Machian, Angst vor Allem, was sie erwartete.

Ich nahm sie an der zitternden Hand und geleitete sie in ihr Zimmer. „Hab keine Angst," sagte ich zu ihr, „Urija ist ein guter Mann, und er klingt nur so gewaltig." Aber so leicht konnte ich sie nicht beruhigen.

Unsere Vorräte waren durch die Dürre sehr zurückgegangen, Machian wusste manchmal nicht, wie er das Essen für uns alle beschaffen sollte. Meine Dienerin war sehr dünn geworden, manchmal hatte sie sogar Fieber - ich hatte richtig Angst um sie. Ihre Augen waren tief in den Höhlen des Gesichtes, ihr Körper richtig abgemagert, oft war sie zu schwach, um mir dienen zu können, vielmehr habe ich ihr dann Essen und Trinken von Machian geholt und sie versorgt, und auch Miriam half mir mitunter dabei.

Eines Nachts hörte ich sie nach mir rufen. Nicht sehr laut, aber mit klarer Stimme. „Herrin, ich werde jetzt sterben. Die Geister meiner Ahnen waren bei mir und haben befohlen, dass ich mich bereit machen soll. Nun, ich bin bereit, sie sollen kommen und mich holen zu meinem lieben Mann, der nun schon so lange bei ihnen ist."
Mir stockte der Atem, Tränen rannen mir über das Gesicht. Alidja, die nun schon so lange bei mir ist, mir immer zur Seite stand, mir immer freundlich, fast liebevoll gedient hat: sie geht jetzt? Ich musste mich von ihrem Lager abwenden. Die schwache Öllampe warf ihr flackerndes Licht an die Wände. „Halte meine Hand," bat sie mich, leise, flüsternd, „halte meine Hand!"
Ich nahm ihre Hand, hielt sie mit meinen beiden Händen fest. Ein leichtes Zucken ging durch ihren Körper, bis hin zu meinem Herzen.
Alidja war tot.

Tränen überströmt schloss ich ihr die Augen, böse Geister sollten nicht von ihrem Körper Besitz ergreifen können, so war es Brauch gewesen in meiner Heimat. Der Mondgott meiner Heimat soll sie geleiten, ging mir durch den Kopf.

Bathseba und David

Der Morgen fand mich immer noch an Alidjas Lager sitzend. Die Öllampe war im Verlaufe der Nacht erloschen, es hat mir nichts ausgemacht, ich wollte sie noch ein wenig bei mir haben, auch in der Dunkelheit.
Das Tageslicht zeigte mir eine Frau, die in Frieden in eine andere Welt hinüber gegangen war. Ich löste meine Hände von der ihren, ging in mein Zimmer zurück.
Urija rief nach mir. Ich ging zu ihm, erzählte vom Sterben Alidjas. „Hm," war seine erste Äußerung, „hm, das ist ja traurig, vor allem natürlich für dich. Wir werden eine neue Dienerin für dich finden, mach dir keine Sorgen. Hatte sie eigentlich unseren Glauben?" „Ich denke nicht, sie ist wohl den Göttern ihrer Heimat treu geblieben (und in Gedanken fügte ich hinzu: und ich genau so!)."

„Bist du einverstanden, wenn wir trotzdem unsere Gebräuche für sie nehmen? Die ihrer Heimat kennen wir ja nicht! Und ein Brandopfer wollen wir auch für sie geben!" Urija sah mich fragend an. Ich konnte nur nicken.
„Dann müssen wir Leute für die Bestattung holen, ich kümmere mich sofort darum, aber erst einmal wollen etwas essen."
„Ich mag heute nichts, lass mich in mein Zimmer gehen, ich möchte allein sein und um Alidja weinen." Mit einer Kopfbewegung hieß er mich gehen.

Gegen Mittag kamen Männer und Frauen in unser Haus. Urija wies sie an, meine Dienerin wie eine Frau aus Israel zu bestatten.
Die Frauen nahmen die rituelle Waschung vor und wickelten den leblosen Körper in Tücher, nachdem sie ihn mit wohlriechenden Kräuter eingerieben hatten. Dann nahmen die Männer den Leichnam, trugen ihn hinaus, luden ihn auf einen dafür besonders hergerichteten Karren und gingen mit meiner Alidja davon.

Ich stand weinend in der Halle unseres Hauses, die Neue, Miriam, neben mir.

Über das sehr großzügige Denken und Verhalten von Urija gegenüber einer verstorbenen Sklavin habe ich mich sehr verwundert und gleichzeitig auch gefreut. Meist wurden verstorbene Sklaven außerhalb der Stadt in einem besonderen Totenacker beigesetzt.

Ich konnte Urijas Verhalten in dieser Angelegenheit nur als Zeichen seiner Liebe zu mir deuten …

Miriam wurde von diesem Augenblick an für mich recht unwichtig in Bezug auf meinen Ehemann!

Der hatte sich in sein Zimmer zurückgezogen und plante den nächsten Feldzug gegen die Ammoniter, die in letzter Zeit schon wieder sehr viel Streit mit Israel anfingen.

Am Nachmittag dieses Tages ging er mit Miriam zum Palasttor, dann zum Zelt, in dem das Allerheiligste aufbewahrt wurde. Er opferte eine Ziege, die er zuvor auf dem Markt gleich nebenan erworben hatte, und ließ sich von den Priestern mit Miriam verheiraten.

Die gaben ihm, nach dem das Opferritual und die Heirat vorüber waren, einen Teil der Ziege mit. So hatten wir alle, nachdem Machian seine Arbeit getan hatte, seit langem mal wieder ein richtiges Festmal. Ohne Alidja! Aber dafür mit Miriam, die noch immer so ängstlich ausschaute. Nach wenigem Essen und einem ganz kleinen Schluck Wein zog ich mich in mein Zimmer zurück; ich wollte das Zusammensein von Urija mit Miriam nicht stören...

Der Sklavenmarkt in Jerusalem war der größte im Lande Israel. Nach je-

Bathseba und David

dem Krieg gab es wieder neue Gefangene, Männer wie Frauen. Jetzt waren es vor allem Philister, die zum Verkauf standen.

Urija wählte eine neue Dienerin aus, die ungefähr mein Alter hatte und aus Rabba[7], der Hauptstadt von Ammon, stammte.

Ich hatte mich mit der neuen Situation abzufinden.

Die Sklavin, die jetzt meine neue Dienerin war, hieß Saphira. Sie war nicht sehr groß, trotz der Hungersnot recht gut genährt und in ihren Bewegungen ziemlich langsam.

„Saphira soll das Zimmer von Alidja bewohnen!" Urijas Anweisung war eindeutig.

---

7 Heute: die jordanische Hauptstadt Amman

Papyrus 12

Das Bad

Erzähler:

Drei Jahre, ich berichtete bereits, dauerte die große Hungersnot, und dann kam der Regen!
Nur durch Sühne, so berichtet der Prophet Samuel, konnte die Zeit der Dürre beendet werden, daher forderten die Gibeoniter, David müsse sieben Söhne oder Enkel Sauls, der Schuld auf sich geladen hatte, herausgeben, die sie umbringen würden.
David ging diesen ungeheuerlichen Schritt; die Gibeoniter hängten die Sieben zu Beginn der Gerstenernte auf.
Die Mutter zweier der Männer, Sauls ehemalige Konkubine Rizpa, kämpfte Tag und Nacht gegen das Getier, das sich an den Leichnamen gütlich tun wollte, bis endlich der Regen einsetzte[8].

Bathseba: Der Regen kam, als wir alle ihn schon nicht mehr erwartet hatten. Er kam so kräftig, dass die Straßen völlig aufweichten, wahre Sturzbäche ergossen sich von den höheren Teilen der Stadt ins Tal, und die Menschen mussten durch den Schlamm waten.
Bis zu diesem jetzt so besonderen Ereignis verlief unser Leben, das heißt das Leben von Urija, meiner Dienerin Saphira, dem Diener Machian und Urija's Zweitfrau Miriam ohne besondere Ereignisse.

Machian kämpfte während der Trockenheit Tag für Tag darum, uns alle

---

8 Zitat siehe „Die Geschichte Israels, aaO, S.388

mit Essen und Trinken zu versorgen. Die Zeiten mit dem großartigen Essen und dem herrlichen Wein waren zunächst einmal vorüber, wir mussten uns, wie alle Menschen in der Stadt und im Lande, sehr einschränken.

Urija zog in jedem Frühjahr in den Krieg, in den Zwischenzeiten war er sehr viel bei seinen Soldaten und übte das Kämpfen mit Schwertern, Lanzen und Streitäxten, wie sie auch mein Vater anfertigte.

Als Miriam nach den ersten zwei Jahren der Trockenheit immer noch nicht schwanger war, verstieß Urija sie; sie ging zu ihrem Vater zurück. Ich habe die Frau nie wieder gesehen.

Schon im ersten Frühjahr nach dem Ende der großen Dürre und Hungersnot rüstete David seine Soldaten schon wieder auf einen Krieg gegen die Ammoniter, in dem Urija wieder eine wichtige Rolle als Befehlshaber zu übernehmen hatte. Sie zogen erneut mit vielen tausend Mann gegen Rabba.

Grund für den Krieg war eine Beleidigung Davids durch den ammonitischen König Hanun[9]: David wollte Hanun durch Boten seine guten Wünsche zur Krönung senden. Diese Boten wurden jedoch durch eine irrtümliche Verdächtigung als Spione in gemeiner Weise aus Rabba vertrieben; Urija erzählte mir davon in einem unserer langen Gespräche am Abend.

Nach dem Weggang Miriams aus unserem Haus sprachen wir wieder viel miteinander, und es blieb nicht nur beim Reden …! Schöne Abende und Nächte haben wir wieder miteinander verbracht, leider immer noch ohne den von ihm so sehr erwünschten Erfolg!

---

9 2. Sam. 10,1-5

Bathseba und David

Das Frühjahr war wieder einmal sehr schön warm, alle Menschen waren darüber sehr froh, zumal das große Hungern endlich vorbei war. Es gab wieder Brot und Früchte, die Schafe, Ziegen und Hühner gaben viel Fleisch - die Not hatte ein Ende.

Urija war wieder, ich sagte es schon, in den Krieg gezogen, um Rabba zu erobern und die Schmach zu tilgen, die der ammonitische König unserem König David zugefügt hatte.

Der war, entgegen seiner sonstigen Gewohnheit, nicht mit in den Kampf gezogen, sondern in seinem Palast geblieben; wenn ich im Garten war, konnte ich ihn hin und wieder auf dessen Dach wandeln sehen.

Dieser Nachmittag, von dem ich jetzt berichten möchte, war deutlich wärmer als die vorgehenden. Ich bat deshalb meine Dienerin Saphira, mir im Garten nahe beim Haus ein Bad zu bereiten; der große Steintrog, der dort stand, war wunderbar für das Baden im Freien geeignet.

Saphira brauchte ziemlich viel Zeit, um den Trog mit Wasser aus dem Brunnen zu füllen, viele Ledereimer mussten mit dem Seil hinabgesenkt, gehoben und wieder geleert werden.

Die Sonne stand schon weit im Westen, als mein Bad endlich bereitstand.

„Saphira", rief ich, „Saphira, hole mir ein großes Tuch, damit ich mich nach dem Entkleiden verhüllen kann. Und dann hilf mir, meine Kleider abzulegen". Saphira brachte das Tuch und half mir. Viel Arbeit war dabei ja nicht zu leisten…

„Wie schön du bist!" Saphiras Blicke gingen an meinem Körper hinauf und herunter. „Ich kenne keine Frau in deinem Alter, die noch so schön ist!"

Ich musste lachen. „Wie viele Frauen in meinem Alter hast du denn

schon unbekleidet gesehen?"
Etwas verlegen antwortete sie: „Noch keine, muss ich gestehen. Aber die anderen Frauen haben alle schon Kinder, und das verändert das Aussehen, denke ich." Ihre Worte machten mich für einen Augenblick betroffen! Kritisch blickte ich an mir herunter. Naja, für meine jetzt ungefähr 22 Jahre ganz ordentlich, dachte ich.

„Jetzt will ich aber endlich in mein Bad draußen." „Ja, Herrin." Saphira reichte mir das große Tuch, und wir gingen hinaus.

Das Bad in dem großen Trog war herrlich. Ich drehte mich hin und her, tauchte unter, kam prustend wieder hoch, planschte wie ein kleines Kind mit den Füßen. Bis ich ihn sah!

An der Mauer auf dem Palast stand, ganz ungewöhnlich zu dieser Tageszeit, der König. Sah, nein, starrte zu mir herüber, ohne den Kopf auch nur im Geringsten zu wenden. Sah mich an, ununterbrochen.

„Saphira!" Sie kam sofort.

„Gib mir ganz schnell das Tuch. Der König beobachtet mich, ich will ganz schnell wieder ins Haus!"

Sie hielt das Tuch, und ich verließ mein Bad. Als ich es gerade nehmen wollte, fiel es zu Boden, lag dort für einen kleinen Augenblick. Und ich stand da in meiner völligen Nacktheit, sichtbar für den König!

Ich weiß nicht, ob er mich so gesehen hatte, aber es schien mir sehr wahrscheinlich.

Das Tuch vom Boden aufraffen und mich damit umhüllen, war eins in einer schnellen Bewegung. Dann rannte ich fluchtartig ins Haus. Saphira stand bewegungslos neben dem Badetrog!

Bathseba und David

„Du bist zu dumm, um ein Tuch zu halten", schrie ich meine Dienerin an. „Der König hat die ganze Zeit zugesehen! Was soll ich denn jetzt tun? Urija wird mich verstoßen!"

Meine Dienerin rannte heulend in ihr Zimmer und ward an diesem Tag nicht mehr gesehen ...

Bathseba und David

Rolle 2

David, der König

Bathseba und David

Papyrus 13

Davids Befehl

Erzähler:

Der Prophet Samuel erzählt uns in der Bibel von Saul und David; er selbst war ein Schüler des Propheten Elias. Nach einem großen Sieg der Israeliten gegen die Ammoniter salbte er den Heerführer Saul zum König, gegen seine Überzeugung, und nach Sauls Scheitern salbte er David als dessen Nachfolger.

Als letzter in der Reihe der „Richter" in der Bibel (danach kamen die „Könige") wacht Samuel über die Einhaltung der gottgewollten Ordnung, die unter Saul in Gefahr war.

Immer wieder kämpfte Samuel gegen den Abfall der Herrschenden gegenüber Gottes Geboten, gegen Ungehorsam, gegen den Bruch von Verträgen. Elia, Saul, und später auch David, wir werden es sehen, müssen sich von Propheten zurechtweisen lassen.

Bathseba: Am nächsten Morgen kam meine Dienerin mit noch immer verheulten Augen, um mir beim Ankleiden zu helfen. „Verzeiht mir Herrin, dass ich so ungeschickt war. Es soll nie wieder geschehen, ich will immer ganz aufmerksam sein. Aber der König hat mich abgelenkt, als er dort ober auf dem Palastdach stand."

„Ach, Saphira ... Es war dumm von dir, aber du solltest dir nun keine Sorgen mehr deswegen machen, es ist ja nichts passiert!" Dankbar sah sie mich an und trocknete ihre Tränen mit einem Zipfel ihres Kleides!

Nichts passiert – das hätte ich nicht sagen sollen!

Bathseba und David

Gegen Mittag standen vier Männer von der Palastwache vor der Tür unseres Hauses und begehrten Einlass. Machian öffnete: „Was wollt ihr? Hier gibt es nichts, was für euch wichtig wäre!" und wollte die schwere Tür wieder schließen.
„Halt! Halt! Es gibt durchaus etwas sehr Wichtiges hier für uns zu tun! Der König hat befohlen, dass die Frau seines Feldherrn Urija mit uns in den Palast kommen soll! Also hole sie!"

„So schnell geht das nicht, Männer! Meine Herrin war noch nicht zu Tisch, und sie ist auch noch nicht gekleidet für einen Besuch beim König! Geduldet euch hier vor der Tür, bis sie kommt!" Jetzt schloss Machian tatsächlich die Tür und kam zu mir in das große Zimmer:

„Herrin! Herrin, ihr sollt zum König kommen, vier Soldaten der Palastwache stehen draußen vor der Tür!" Wilde Gedanken gingen mir durch den Kopf. Was kann er nur von mir wollen, Urija ist doch im Krieg?

Ich rief Saphira. „Bring mir ein ganz einfaches Kleid und meinen ältesten Umhang, Saphira! Ich muss zum König!"

„Zum König? Aber da muss man sich doch gut und hübsch anziehen! Nein, ich hole ein schönes Kleid, und auch den neuen Umhang, den dir dein Mann erst vor Kurzem geschenkt hat! Ich lasse dich nicht hässlich aus dem Haus, und schon gar nicht zum König!"
Sie erwartete keinen Widerspruch von mir. So energisch hatte meine Dienerin noch nie mit mir gesprochen - eigentlich war das ziemlich unbotmäßig!
Dann kam sie mit meiner Kleidung und half mir beim Anziehen.

Das Kleid, das sie für mich herausgesucht hatte, war wirklich hübsch. Es war aus einem ganz leichten, hellblauen Stoff, sehr eng am Körper anliegend, mit kurzen, glatten Ärmeln und einem breiten dunkelblauen Gurtband um den Körper. Normalerweise trug ich es nur, wenn ich mit meinem Mann das Haus verließ!

„Schön siehst du aus!" schwärmte Saphira wieder einmal.
„Ach, Saphira ..."

Machian kam, nachdem ich angekleidet war, und sagte: „Herrin, die Soldaten werden so langsam ungeduldig! Sie sind nicht gewohnt, dass man sie warten lässt!"
„Ich komme ja schon!"
„Wann bist du zurück? Soll ich mit dem Essen warten, oder wirst du dort etwas bekommen?" „Wie kann ich das wissen?"
Rührend, diese Anteilnahme!

Ich ging mit ihm und Saphira zu den Soldaten hinaus.
„Du bleibst hier!" befahlen die Soldaten meinem Diener, „der König hat nicht von dir gesprochen, sondern nur von deiner Herrin!"

Die Soldaten nahmen mich in ihre Mitte und gingen mit mir sehr schnell die staubige Straße entlang der Palastmauer zum großen Palasttor. Es waren ziemlich viele Schritte von unserem Haus bis dorthin, schließlich war unser Haus an der Südseite des Palastes und das Tor im Osten. Dazu kam, dass es jetzt um die Mittagszeit ziemlich warm war.
Ich war völlig erschöpft und ziemlich verschwitzt, als mich die Soldaten in

Bathseba und David

der großen Halle des Palastes zwei Dienerinnen des Königs übergaben. Ich kam mir wie ein Stück Vieh auf dem Markt vor! Was würde das nur werden?

Die beiden Frauen, sie waren deutlich älter als ich, waren sehr freundlich zu mir und geleiteten mich in ein Gemach an der Seite der Halle.

„Du kannst so unmöglich vor den König treten, Bathseba! Du bist doch Bathseba?"

Die Fragende erwartete keine Antwort.

„Komm, ich helfe dir. Ein wunderschönes Kleid trägst du, es wird dem König gefallen!" sagte die Andere.

„Dort drüben steht ein Bad mit wohlriechenden Kräutern für dich bereit, das wird dich erfrischen!"

Meine Lage kam mir immer bedrohlicher vor. Was sollte hier mit mir geschehen? Hatte man mich als Opfergabe ausgewählt? Aber Menschenopfer gab es doch nicht in Israel!

Ich glaube, in meinen Augen konnte man die Angst erkennen, die sich in mir ausbreitete!

„Du brauchst keine Angst haben, es geschieht dir nichts!" Eine der Frauen versuchte, mich zu beruhigen. „Der König möchte nur mit dir zu Tisch liegen!"

Nach dem Bad, und ich muss gestehen, es war sehr angenehm, kleideten mich die beiden Dienerinnen wieder an und schminkten mich, gerade so, wie es meine erste Dienerin gemacht hatte.

„Komm nur, wir wollen gehen!"

Bathseba und David

Papyrus 14

Begegnung

Erzähler:

Im Herbst 993 hatte sich Israel, wie ich bereits erzählte, von der großen Not schon wieder ganz gut erholt, so dass der Krieg gegen Ammon, der letztlich zur Eroberung der dortigen Hauptstadt führen sollte, keine Probleme im Lande brachte. Der Krieg brachte wechselnde Erfolge, einmal für die Ammoniter, ein anderes mal für die Israeliten. Zwischen den einzelnen Schlachten, in die auf ammonitischer Seite auch Söldner aus angrenzenden Regionen des Aramäerlandes[10] eingriffen, waren immer wieder Kampfpausen. Ammoniter und die Aramäer wurden von Israel mehrfach geschlagen, Rabba jedoch noch nicht eingenommen. Die Eroberung Rabbas erfolgte erst im Frühjahr des für Bathseba so entscheidenden Jahres 992.

Bathseba: Der König lag auf der Bank am Ende des Königssaales. Als die beiden Frauen, die mich bisher begleitet hatten, den Raum wieder verlassen hatten, sah ich mich, zunächst ganz vorsichtig, im Saal um.

Eigentlich war dieser Saal so ähnlich wie unser großes Zimmer zu hause, nur alles viel größer und von allem viel mehr. Mehr und größere Leuchten, mehr und schönere Kissen, mehrere Tische und Bänke. Und Gold. Goldene Schalen, goldene Leuchter, Gold an den Säulen, die die Saaldecke stützten - alles sehr prunkvoll.

---

10 siehe „Die Geschichte Israels, aaO, S.374

Bathseba und David

David, der König, sah mich ununterbrochen an, genau so, wie er mich bei meinem Bad vom Palastdach aus angesehen hatte.

Ich muss gestehen: ein wirklich gut aussehender Mann, wie schon meine Dienerin bemerkte, als wir ihn am Ende unseres Weges nach Jerusalem zum ersten mal sahen …

Wie alt mochte er sein? So wie mein Ehemann Uriel? Etwa 50 Jahre? Oder doch noch etwas älter? Oder jünger? Seine hellen Haare wiesen allerdings schon einige graue Strähnen auf. Also doch älter als Uriel, aber wirklich noch sehr gut aussehend!

Ich schob diese Gedanken schnell beiseite und dachte an etwas ganz anderes.

Hätte ich doch dieses Bad nie genommen! ging es mir durch den Kopf. Dann wäre mir das hier erspart geblieben. Und dann lasse ich mir auch noch von meiner Dienerin dieses Kleid, in dem mein Körper so gut zur Geltung kommt, aufschwatzen! Ich dumme Eselin!

„Komm näher!" Der König sagte es mit einer weichen, wohlklingenden Stimme, „komm nur, ich möchte dich sehen."

Langsam näherte ich mich seiner Lagerstatt. Noch immer hatte ich eine schrecklich Angst in mir. Und mir wurde langsam klar, was der König von mir wollte. Sicher nicht über Urija sprechen!

„Wer bist du, schöne Frau?"

„Ich bin Bathseba, die Frau des Hethiters Urija, der einer deiner siebenunddreißig Helden ist und der jetzt im Kampf gegen Rabba steht, wie du weißt."

„Ja, ja, ist mir bekannt. Du scheinst mir klug zu sein, Bathseba! Wer ist dein Vater?"
„Mein Vater ist Amiël, ein braver Mann im Lande Gilead. Eisenschmied und Ledermacher von Beruf!"
„Sehr schön. Ich werde mir den Namen merken. Schreiber!"
Aus dem Dunkel eines Nebenraumes kam ein Mann. „Schreib! Eiserne Äxte und Lederwaren von Amiël in Gilead kaufen für meine Soldaten, auch Schwerter. Man soll nach ihm schicken, damit wir mit ihm sprechen können! Hast du alles aufgeschrieben? Dann verschwinde!"
So schnell, wie er gekommen war, verschwand der Schreiber wieder im Dunkel.
Im Stillen freute ich mich schon für meinen Vater und die Brüder: Arbeiten für den König!
„Tritt näher! Was sagst du dazu?"
„Ich danke Euch dafür, Herr! Meine Familie wird Euch ebenfalls danken! Die Arbeiten meines Vaters und der Brüder sind wirklich gut!"
Aber ob der König wirklich einen Auftrag an meine Familie erteilen würde? Ich zweifelte daran!

„Komm, setz dich zu mir. Halt, nein! Bleib noch etwas vor mir stehen. Ich will dich ansehen!"
Und jetzt wird es gefährlich, dachte ich bei mir, jetzt wird er über mein Bad gestern sprechen. Und so kam es tatsächlich. Seine nächsten Worte waren „Wie schön du bist. Gestern, als du dein Bad im Garten eures Hauses genommen hast, konnte ich dich bewundern. Verzeih mir bitte, aber ich konnte den Blick nicht von dir wenden, schon gar nicht, als dein Tuch zu Boden fiel! Du bist wirklich von wunderschöner Gestalt! Hast du

schon Kinder?"

„Nein, Herr! Urija und ich haben noch keine Kinder, aber wir hoffen darauf, wenn er wieder aus dem Krieg zurück ist!"

„Nun, setz dich zu mir, hast du schon gegessen? Nein? Dann wollen wir jetzt etwas zu uns nehmen."

Es scheint immer die gleiche Vorgehensweise bei den Männern zu sein! David verhielt sich in diesem Augenblick genau wie Urija am ersten Abend in unserem Haus.

Der König klatschte zwei mal in die Hände.

„Bringt das Essen und den Wein!"

Seine Diener waren schnell zur Stelle, brachten das Gewünschte, schenkten den Wein ein, legten uns die Speisen zurecht. Der König hatte zuvor schon alles geplant!

Wir aßen, tranken dabei von dem wirklich sehr guten dunkelroten Wein, redeten, vor allem über mich; von ihm erfuhr ich überhaupt nichts.

„Ist der Wein gut? Und das Fleisch?" „Ja, Herr!"

Als Höhepunkt des Essens brachte ein Diener Früchte, in Honig gewendet, und Bienenwaben. Diese süßen Naschereien hatte ich bei Machian noch nicht kennengelernt; ich würde sie ihm empfehlen.

Die Reste der Speisen wurden abgeräumt, ein weiterer Diener brachte Schalen mit Wasser, in denen wir unsere Hände reinigen konnten. Auch die nächste Frage des Königs konnte ich voraussehen:

„Kannst du tanzen, Bathseba?"

Ich verstehe nicht, was den Männern am Tanzen so gefällt, aber Urija war davon ja auch so angetan.

„Ja, tanzen kann ich ein wenig!"

„Dann zeig mir, was du kannst, und ich werde für dich spielen, während du tanzt!"

David überraschte mich mit diesen Worten sehr. Ein musizierender Mann - auch das war für mich neu.
Und dann erschreckte er mich zutiefst. „Lass uns hinübergehen in mein Gemach, da ist es gemütlicher und nicht so kalt wie hier im Saal!"

Für mich gab es kein Entrinnen, seinem König widerspricht man nicht, man gehorcht! „Ich ..."
Er unterbrach mich sofort bei meinem Versuch, einen Einwand zu bringen. Wir gingen hinüber in sein Gemach. Er voraus, ich in gebührendem Abstand hinterher.
„Komm, was zögerst du? Du sollst für mich tanzen, jetzt!"
Es gab kein Entrinnen!

David setzte sich auf einen Hocker vor seiner sehr großen und breiten Liege, die dick mit Fellen und Kissen bedeckt war.
Er nahm von der Wand ein Instrument, das mit mehreren Saiten bespannt war und einen langen Griff hatte; ich hatte so etwas noch nie gesehen.
„Du kennst dieses Instrument noch nicht? Es ist eine Laute, auf der ich dir vorspielen werde, und du wirst dazu tanzen!"

Er hielt das Instrument mit der linken Hand, der dicke Bauch der Laute lag auf seinem Schoß. Dann schlug er mit der rechten Hand über die Saiten. Es war ein sehr schöner Klang, den er so hervorrief.
„Gefällt dir der Ton? Man kann viele verschieden Töne damit erzeugen.

Bathseba und David

Warte, ich will es dich hören lassen."

Wieder schlug er über die Saiten, nicht nur einmal, sondern in einem gleichmäßigen Takt, wie ihn auch Trommeln geben konnten. Dabei veränderte er den Griff seiner linken Hand, und es entstanden immer wieder andere, sehr schöne Töne. Es gefiel mir sehr gut, wie er mit der Laute spielte.

„Und jetzt tanze für mich, ich will dir den Takt dazu spielen!"

Sein Lied ohne Worte begann, und ich wiegte mich im Takt der Musik. Es fiel mir, muss ich gestehen, ganz leicht, mich vor dem König zu bewegen, zu drehen, zu neigen.

Die Töne kamen immer schneller, und ich bewegte mich immer schneller. In das Spielen seiner Laute hinein sagte der König, für mich völlig überraschend, aber befürchtet: „Leg deine Kleidung ab!"

In diesem Augenblick blieb ich, wie vom Blitz getroffen, auf der Stelle stehen.

„Du hast mich schon recht verstanden! Leg deine Kleider ab! Alle!"

Das hatte ich noch nie im Beisein eines Mannes getan, nicht einmal meines Mannes!

Davids Stimme wurde drängender, ungeduldiger. Inzwischen hatte er die Laute weggelegt, seinen Hocker zur Seite geschoben; er lag fast auf seinem Lager.

„Komm! Komm zu mir, leg dich an meine Seite!"

Was sollte ich nur tun? Davonlaufen ging nicht, ich hätte in diesem Augenblick auch nicht gewusst, wohin. Schreien, weinen? Ging auch nicht! Also gehorchen!

Bathseba und David

Ich zog langsam, ängstlich meine Kleidung aus. Zunächst das schöne Kleid, legte es auf einen Hocker, dann auch noch den Rest dazu.

David verschlang mich sozusagen mit seinen Blicken.
„Komm!"

Das, was geschehen sollte, geschah! Er war ein sehr starker, muskulöser Mann, und ich war völlig wehr- und willenlos!
Ich beging Ehebruch, beging, wenn auch wider mein Wollen, Ehebruch mit dem König!

Als ich später den Palast in Begleitung von Soldaten der Palastwache wieder verließ, konnte ich meine Tränen nicht zurückhalten ...

Bathseba und David

Papyrus 15

Die Zeit danach – schwanger

Erzähler:

Ich berichte, was uns die Bibel sagt[11].

> "Und David sandte Boten hin und ließ sie holen. Und als sie zu ihm kam, wohnte er ihr bei; sie aber hatte sich gerade gereinigt von ihrer Unreinheit. Und sie kehrte in ihr Haus zurück.
> Und die Frau ward schwanger und sandte hin und ließ David sagen: Ich bin schwanger geworden."

Der Kampf gegen Aram, die Eroberung von Rabba zog sich hin. Das Frühjahr kam mit Regen, die Truppen versanken im Morast.

Bathseba: Heulend warf ich mich auf mein Lager, als mich die Soldaten wieder bei Machian abgeliefert hatten.

Saphira sah mich fassungslos an. „Hat er …?" Ihr Blick war eine einzige Frage.

„Er hat!" schluchzte ich lauthals, „er hat!"

„Du Arme! Und alles durch meine Schuld, weil ich das Tuch habe fallen lassen!"

Sie dachte immer so praktisch: „Du musst jetzt sofort ein ganz heißes Bad nehmen, mit Kräutern darin! Meine Großmutter hat mir das geraten, für den Fall, das ich einmal …! Ich mache sofort heißes Wasser und fülle den großen Zuber im Baderaum!"

Schon war sie verschwunden, und ich lag weiterhin weinend auf meinem

---
[11] 2.Sam. 11, 4-5

Lager, zerfressen von Selbstvorwürfen und Angst.
Hätte ich doch nur mein Bad vor zwei Tagen nicht im Garten haben wollen, hätte ich nur nicht das hellblaue, sondern ein hässliches Kleid angezogen, hätte ich doch nur nicht vor dem König getanzt. Hätte, hätte, hätte …
Saphira kam herein, um mir zu sagen, dass das Bad bereit sei.
Sie half mir beim Entkleiden und ging mit mir in den Baderaum.
Die Wärme des Bades war sehr angenehm, und inzwischen hatte auch mein Weinen aufgehört und war einer Wut auf den König gewichen.
„So eine Gemeinheit vom König! Erst starrt er vom Dach des Palastes auf mich herunter wie ein Hund auf ein Stück Fleisch, dann lässt er mich wie einen Dieb von seinen Männern abholen, und dann zwingt er mich auch noch zu Sachen, die ich nicht will, zum Ehebruch!"

Als das Badewasser kühler wurde, rief ich nach meiner Dienerin: „Danke, dass du so fürsorglich zu mir bist, Saphira. Ich hoffe ja sehr, dass das heiße Bad genutzt hat, sonst bekomme ich wirklich Schwierigkeiten, wenn Urija zurückkommt!"
Nach dem Ankleiden ging ich in unser großes Zimmer und legte mich auf die Bank am Fenster, wollte erst einmal meine Gedanken sortieren. Aber gute Gedanken an den König waren nicht dabei!

Meine Gedanken schweiften zu Urija, meinem Ehemann, der jetzt sicher gegen die Aramäer und Ammoniter im Kampf war und mit dem ich so schöne Stunden hier in Jerusalem verbracht hatte. Sie schweiften weiter zurück zu meiner Hochzeit, bei der Urija so unendlich zärtlich zu mir war. Sie gingen weiter zurück in die Zeit in meinem Elternhaus, in dem ich so glücklich war.

Bathseba und David

Alles vorbei. Der König hatte alles zerstört, was mir lieb und wichtig war! Manchmal kam mir der Gedanke, sterben zu wollen, diese Schande auf die endgültige Art und Weise zu beenden!

„Du hast schlechte Gedanken!" Mit diesen Worten betrat meine Dienerin das Zimmer. „Schick sie weg. Du hast solche Gedanken nicht verdient, die sollte ein anderer haben!"
„Vielleicht hast du ja Recht. Aber ich fühle mich so schmutzig trotz des Bades, so wertlos, so unnütz!"
Es gelang meiner Dienerin, mich im Verlaufe der nächsten Tage wieder aufzurichten und aufzumuntern, ja, ich konnte manchmal sogar wieder lachen.
Der kleine Hund, den mein Bruder mir angefertigt hatte, fiel mir in die Hände, als ich ein Tuch suchte. Wieder kam die Sehnsucht nach meiner Mutter, dem Vater, den Brüdern in mir hoch, und ich war traurig.

Und dann kam die für mich so erschütternde Erfahrung:
Meine Reinigung blieb aus! Vier Wochen nach dem Zusammentreffen mit König David war sie immer noch nicht eingetroffen!

Ich flehte zu den Göttern meiner Heimat[12], zu Wuruschenu, der Sonnengöttin, zu Schauschga, der Liebesgöttin, selbst zu Telipinu, dem Fruchtbarkeitsgott, dass sie diese Prüfung an mir vorübergehen ließen – vergeblich. Ja, ich betete sogar zu JAHWE, dem Gott Israels – alles vergebens.

---

12 Götter der Hethiter nach
    Lehmann, Johannes „Die Hethiter" S.272 ff.
    Verlag C. Bertelsmann München – Gütersloh – Wien 1975

Bathseba und David

Ich war schwanger!
Ich war verzweifelt!.

Schwanger, nachdem Urija und ich so lange gewartet hatten, und jetzt ...
Meine Dienerin versuchte, mir über meine Verzweiflung hinweg zu helfen, was ihr aber nur sehr selten gelang.

Ich schickte sie und Machian mit einer Botschaft zum König.
„Bathseba, die Frau des Hethiters Urija, sagt, sie sei schwanger!"

Die Palastwachen wollten die beiden erst gar nicht vorlassen, aber Machian schaffte mit seiner ruhigen, überlegenen Art und dem Hinweis, Diener eines der siebenunddreißig Helden des Königs zu sein, dem König selbst die Nachricht von mir vorzutragen. Saphira ging vorsichtshalber nicht mit die große Halle zum König.

„Geht wieder in Urijas Haus und sagt der Frau, ich würde mich kümmern!"
Saphira überbrachte mir die Nachricht. „Der König wird sich kümmern!"

„Sich kümmern? Worum kümmern? Ich bin schwanger! Will er das Kind bekommen?"
Irgendwie war ich mit der Nachricht nicht zufrieden.

Bathseba und David

Papyrus 16

Davids „Kümmern"

Erzähler: [13]

Es war eigentlich ein kluger Einfall, den David wegen Bathsebas Schwangerschaft hatte:

„Ich hole ihren Mann für kurze Zeit aus dem Krieg zurück. Mit Freuden wird er dann sein Haus aufsuchen und seiner Frau beiwohnen, und später wird er glauben, das Kind sei von ihm selbst."

So mögen seine Gedanken gewesen sein, sein Plan.

Gesagt, getan. Urija wird zurück beordert, soll dem König Bericht erstatten über die Lage im Krieg und dann zu seiner Frau gehen.

Er kommt zurück und geht wie befohlen zum König, wird berichtet.

Aber der Plan Davids geht nicht auf:

> Urija legte sich schlafen vor der Tür des Königshauses, wo alle Kriegsleute seines Herrn lagen, und ging nicht hinab in sein Haus. Als man aber David ansagte: Urija ist nicht hinab in sein Haus gegangen, sprach David zu ihm: Bist du nicht von weit her gekommen? Warum bist du nicht hinab in dein Haus gegangen? Urija aber sprach zu David: Die Lade und Israel und Juda wohnen in Zelten und Joab, mein Herr, und meines Herrn Kriegsleute liegen auf freiem Felde, und ich sollte in mein Haus gehen, um zu essen und zu trinken und bei meiner Frau zu liegen? So wahr der HERR lebt und so wahr du lebst: Ich tue so etwas nicht.
>
> Als sich auf diese Weise diese Weise das Problem nicht lösen ließ, entwickelte David einen Plan, Urija umzubringen:

---

13 nach 2.Sam. 11, 6-17

Bathseba und David

Am andern Morgen schrieb David einen Brief an Joab und sandte ihn durch Urija. Er schrieb aber in dem Brief: Stellt Urija vorne hin, wo der Kampf am härtesten ist, und zieht euch hinter ihm zurück, dass er erschlagen werde und sterbe. Als nun Joab die Stadt belagerte, stellte er Urija dorthin, wo er wusste, dass streitbare Männer standen. Und als die Männer der Stadt einen Ausfall machten und mit Joab kämpften, fielen einige vom Volk, von den Männern Davids, und Urija, der Hethiter, starb auch.

Wäre Urija doch nur nicht so konsequent Soldat gewesen!

Bathseba: Wenn meine Dienerin am Morgen mit dem Frühstück kam, wurde mir regelmäßig schlecht! Das kann ja heiter werden, sagte ich immer wieder zu mir, aber nach einer gewissen Zeit ging es mir dann wieder gut.

Es war ein sonniger Nachmittag, als Urija plötzlich von unserem Haus stand. Er begrüßte mich herzlich, umarmte mich.
„Ich muss dringend mit dir reden!" begrüßte ich ihn. „Später, meine Wüstenblume, später! Ich muss dringend zum König, er verlangt nach mir, nach Berichten aus dem Krieg. Ich wollte dich nur kurz sehen und begrüßen und im Haus kurz nach dem Rechten sehen." Sprach's und war, so schnell er gekommen war, wieder davon.
Dies war das letzte Mal, dass ich ihn gesehen habe - er kam nicht wieder!

Tagelang wartete ich auf ihn, bis ich von Soldaten der Palastwache hörte, dass er mit einem Brief des Königs an den Feldherrn Joab schon wieder zurück in den Krieg geritten sei.

Also wartete ich auf Nachrichten aus dem Palast, vom König. Schließlich wollte er sich ja kümmern, aber nichts geschah! Bis eines Tages ein Bote kam. „Du sollst sofort zum König kommen!" richtete er mir aus.

Diesmal ohne Soldaten als Begleitung machten wir uns zu Dritt, das heißt Saphira, Machian und ich, auf den Weg zum Palast.
Die Palastwachen erkannten mich, und so konnten wir ohne Schwierigkeiten bis zur großen Halle gehen. Dort jedoch hielt uns ein Diener auf: „Nur eure Herrin darf zum König hinein, ihr zwei bleibt hier und wartet!"
Der König lag, wie damals, auf seiner Bank.
Er machte ein betrübtes Gesicht: „Wie geht es dir?" Seine Stimme war weich und voller Anteilnahme, so als ob ich in Trauer wäre.
„Setzt dich auf den Hocker dort, ich habe dir etwas zu sagen, muss dir eine ganz traurige Mitteilung machen!"
Böses schwante mir.
Nach einer kleinen Pause, sprach er weiter: „Dein Mann Urija ist im Kampf vor Ammon gefallen. Die Ammoniter haben ihn, wie auch viele andere gute Männer, mit einer List in einen Hinterhalt gelockt und dann erschlagen!"

Die letzten Worte Davids hörte ich wie durch eine große Wolke, nicht klar, die Stimme wohl, aber nicht die Bedeutung.

Urija tot? Urija, mein Mann, umgebracht? Urija kommt nie mehr wieder? Was soll jetzt aus meinem Kind, dem Kind des Königs, werden?
„Nein!" schrie ich in den Saal, „Nein!"

Bathseba und David

Mir versagten plötzlich die Beine, schluchzend sank ich zu Boden.

Ganz von weitem hörte ich Davids Stimme: „Bringt etwas von dem Riechsalz!" hörte ich, „und holt die Dienerin und den Diener, damit sie ihr wieder aufhelfen!"
Saphira beugte sich über mich. „Herrin, ich bin hier, bin bei dir!" sagte sie leise und half mir auf, Machian mit seinen starken Armen unterstützte sie dabei.

„Legt sie auf das Lager, sie muss sich ausruhen, und danach geht mit ihr wieder in euer Haus."
„Was ist denn geschehen?" Saphira war, wie eigentlich immer, wieder einmal neugierig. Ihre großen Augen waren fragend auf den König gerichtet.
Der wandte sich ab und ging hinaus, ohne auf die Frage zu antworten, die ja auch ungehörig war.
Nach einer Weile ging es mir wieder besser, so dass wir in unser Haus zurückgehen konnten. Schweigend legten wir den Weg zurück, selbst meine Dienerin schwieg.

Im Haus angekommen, musste ich die schrecklichen Worte, die der König zu mir gesagt hatte, erst noch einmal bedenken. Urija tot! Er kommt nicht wieder, dieser wunderbare Mann!
Trauer um meinen Mann, Sorge um mein Kind, auch um meine Diener, alles dies ging mir durch den Kopf, bis ich einschlief. Was sollte denn nun aus uns werden?!

Es war schon später Nachmittag, als ich nach einem sehr unruhigen

Bathseba und David

Schlaf wieder erwachte. Meine Gedanken bewegten sich immer nur um das Eine: Urija ist tot. Er wird nicht aus dem Krieg zurückkommen. Ich werde mit meinem Kind allein sein. Und David, der Schuldige an dieser Situation, sitzt in seinem Palast und lässt es sich gut ergehen!
Wut kam in mir hoch. Auf mich, auf David, auf den Krieg gegen Ammon, auf meine Dienerin, eigentlich auf alle und alles.

„Wir müssen die Trauerzeit vorbereiten, und ich werde nicht einmal über seinem Leichnam beten können!"
Im Land meiner Väter konnte ein Mensch, wenn er ein den Göttern gefälliges Leben geführt hatte, nach seinem Tod den Segen „Werde ein Gott" empfangen; diesen Segen sprach in in meinen Gedanken Urija zu. Dann konnte ich ihn nur noch beweinen, meinen Mann, den ersten Mann in meinem Leben, der auch der einzige bleiben sollte, das nahm ich mir vor. Ich will ein Licht für seine Seele entzünden und ein Trauerkleid tragen. Sieben Tage lang will ich mich aller Genüsse enthalten, nur das Notwendige zum Leben zu mir nehmen. Ich will nicht das Haus verlassen und nicht in meinen Garten gehen. Und Saphira und Machian sollen mit mir trauern. Und die Fenster wollen wir verhängen, nur wenig Licht soll im Haus sein.
„Was soll nur aus uns allen werden, dem Diener, meiner Dienerin, aus mir und meinem Kind?" So waren meine Gedanken in dieser Zeit.

Nach Ablauf der Trauerwoche kehrte das normale Leben langsam wieder bei uns ein, aber bis zum Ablauf des Monats trug ich immer und überall meine Trauerkleidung, das schwarze Kleid und das schwarze Tuch über den Haaren.

Bathseba und David

Es galt jetzt, das Leben neu zu ordnen; Urija war nicht mehr da, er, der alles regelte, was unser gemeinsames Leben, Haus und Dienerschaft betrafen. All diese Dinge lasteten jetzt auf mir, dazu die Schwangerschaft.

Aber es sollte alles ganz anders kommen, als ich es mir in meiner tiefen Trauer selbst geschworen hatte!

Zwei Wochen nach Ende unserer gemeinsamen Trauerzeit kam wieder einmal ein Bote vom König:
„Der König fragt nach dir, folge mir!"
„Das geht nicht!", war meine Antwort, „ich kann hier jetzt nicht sofort weg. Sag deinem Herrn, dass ich morgen am Vormittag zu ihm kommen werde!"
„Frau, du wirst mir jetzt zum König folgen, sonst hole ich die Palast-wache!"
„Oh nein, du wirst nicht die Palastwache holen, und ich komme morgen! Sag das deinem Herrn!"
Völlig verwirrt ging der Bote davon, so etwas hatte er noch nicht erlebt. Jemand verweigert dem König den Gehorsam? Noch dazu eine Frau?

Im Palast berichtete er seinem Herrn, dem König, von Bathsebas Antwort. „Was hat sie gesagt?" Der Bote wiederholte meine Worte. Zunächst verfinsterte sich die Miene Davids, aber dann fing er an, herzlich zu lachen. Wieder einmal war der Bote völlig verwirrt, hatte er doch den König noch nie lachen gehört!
„Geh du nur, es ist gut!"

Papyrus 17

Umzug in den Palast

Erzähler:

David, der König, hatte viele Frauen, zum einen als Ehefrauen, zum anderen als Konkubinen, und auch als kurzzeitige Gespielinnen. Die Ehefrauen und ihre Söhne wurden in der Bibel besonders erwähnt[14]:
Michal, Tochter König Sauls (keine Söhne lt. 2.Sam. 3,3)
Ahinoam aus Jesreel (Sohn Amnon)
Abigajil, Witwe des Nabal aus Maon (1. Sam 25,15) Sohn Kileab
Maacha, Tochter des aram. Königs Talmais aus Geschur (Sohn Absalom)
Haggit (Sohn Adonija)
Abigal (Sohn Schefatja)
Egal aus Hebron (Sohn Jitram)

Bathseba: Am nächsten Vormittag in den Palast zu gehen, fiel mir nicht leicht. Meine Diener begleiteten mich, wurden aber schon von der Palastwache am Tor abgewiesen: „Ihr bleibt hier, bis eure Herrin zurück ist!"

David lag, wie eigentlich immer, wenn ich ihn sah, auf seiner Bank, seinem Diwan, als ich den Saal betrat. „Komm näher, Bathseba, komm näher! Wie geht es dir und dem Kind in deinem Leib? Wird es ein Sohn? Das wäre wichtig für mich!"
Er hat wieder nur sich im Kopf, dachte ich für mich. „Wie kann man

---

14 Nach 2.Sam. 3, 1-5

wissen, ob Sohn oder Tochter? Ich werde es auf jeden Fall lieb haben und aufziehen!" war meine Antwort, „und ja, es geht uns so einigermaßen gut."

„Nun, dann will ich dir jetzt meinen Entschluss mitteilen. Du und deine Dienerschaft, es sind ja nur der Mann und die Frau, oder? Ihr drei werdet nach dem nächsten Sabbat in den Palast ziehen. Ich habe schon die Räume für dich, meine Königin, und für deine Diener herrichten lassen. Und noch eines: dieser Entschluss ist unumstößlich. Und noch etwas: du wirst dich nie wieder meinem Befehl widersetzen wie gestern gegenüber meinem Boten!"
Die Art, wie sein Befehl zum Umzug in den Palast an mich erging, gefiel mir überhaupt nicht, ich war doch kein Bediensteter oder eine Sklavin! Aber das, was er sagte, hat mich schon sehr verwundert!

Was hatte er, der König, da gesagt? Meine Königin? Wie sollte ich das verstehen? War das ernst gemeint, ich, eine einfache Frau aus dem Hethiterland, ich, die schwangere Witwe Urijas - Königin? Urija hatte mich immer seine „Wüstenblume" genannt, das fand ich ja sehr schön, aber „Königin?" Im Stillen dachte ich: „Darüber wird er wohl nicht richtig nachgedacht haben! Königin! Unglaublich!"

Damit war ich aus dem Saal wieder entlassen. Rückwärts gehend, denn man zeigt ja dem König seine Rückseite nicht, verließ ich ihn.
Am Tor warteten meine Diener. „Was hat er gesagt?" Saphira konnte wieder einmal ihre Neugier nicht bremsen. „Sag ich euch im Haus!"

Schnellen Schrittes gingen wir in unser Haus zurück.

Dort angekommen, erzählte ich den beiden von des Königs Befehl, in den Palast zu ziehen.
„In den nächsten Tagen bereitet alles vor, damit wir am Tag nach dem Sabbat in den Palast gehen können und dort wohnen. Ich werde dem König sagen, dass ihr weiterhin meine persönlichen Diener bleiben werdet und ihr nur mir dienen sollt."
Machian nahm meine Worte, ohne dazu etwas zu sagen, zur Kenntnis. Saphira hatte natürlich wieder ihre eigene Meinung, die sie auch nicht verschweigen konnte:
„Glaubst du wirklich, Herrin, dass der König auf deine Worte hören wird? Er wird mich ins Frauenhaus stecken und Machian verkaufen, fürchte ich!"

„Ihr solltet diese Sorgen nicht haben. Das wird nicht geschehen, da könnt ihr ganz sicher sein, da habt ihr mein Wort! Wenn David mich nicht belogen hat, und ich denke, er begehrt mich viel zu sehr, um das zu tun, werde ich später die Königin!"
„Du wirst die Königin? So ganz richtig die Königin?"
Saphira war völlig begeistert! Machian brummte etwas in seinen Bart, wie es Urija auch zu tun pflegte. Er war wohl nicht so ganz überzeugt von dieser Vorstellung.

Vier Tage waren es noch bis zum Sabbat, die Arbeit drängte. Unsere persönlichen Sachen wurden zusammengetragen von den verschiedensten Stellen des Hauses, die Dinge, die zum Haus gehörten, ließen wir an ihren Plätzen, der nächste Besitzer dieses schönen Hauses sollte sie bekommen, wahrscheinlich ein anderer Heerführer Davids, nahm ich an.

Bathseba und David

Dann kamen vom Palast Diener Davids, um unseren kleinen Besitz auf Karren zu laden und zum Palast zu bringen. Wehmütig wurde mir ums Herz, als die fremden Diener mit unseren Sachen davongingen ...

Die Ankunft im Palast war wenig aufregend. Die Diener trugen unsere persönlichen Dinge in die für uns vorbereiteten Zimmer, wir gingen einfach hinterher. Mit dem Erfolg, dass ich nicht wusste, wo in dem riesigen Gebäude wir waren. Gut, dass die Räume meiner Dienerin und meines Dieners direkt neben meinem Zimmer lagen, das übrigens eine verschließbare Tür hatte.

Nach einer Weile klopfte Saphira an der Tür. „Herrin, darf ich hereinkommen?" „Aber gern, Saphira, komm nur!"
„Ich möchte dir jetzt erst einmal helfen, deine Sachen einräumen, die schönen Kleider gut hinlegen, und dir dein Lager zurechtmachen, damit du heute Nacht gut schlafen kannst. Du weißt doch: der erste Traum im neuen Haus wird wahr! Und wenn du mich nicht mehr brauchst, werde ich meine Dinge erledigen."
„Ach, Saphira, du und deine kleinen Weisheiten! Aber ich mag das von dir!"

Wir waren kaum mit dem Wegräumen fertig, ließ der König nach mir rufen.
Eine der Frauen, die ich schon von meinem allerersten 'Besuch' hier im Palast kannte, sollte mich zu ihm bringen.
Sie sah mich mit großen Augen an, ich wusste, was sie mich jetzt fragen würde. „Täusche ich mich, oder bist du schwanger?"
Mir blieb keine Möglichkeit, dies zu verleugnen, die leichte Rundung

meines Leibes war doch schon, jedenfalls für eine Frau, durchaus erkennbar.

„Ja, wie du siehst. Ich bin schwanger!" „Vom König?" „Ja!" „Oh je!" Damit war unser Gespräch zunächst zu ende. Aber nach ihrem Namen habe ich sie noch gefragt.

„Ich bin Abigail aus Hebron!"

Abigail – eine der Frauen des Königs, keinesfalls eine Dienerin, wie ich später erfahren habe.

Während wir durch das Haus gingen, erklärte sie mir die wichtigsten Gänge und Räume, aber ich konnte mir das alles heute gar nicht merken, es war einfach zu viel. Was mir aber auffiel, waren die vielen Leuchter überall an den Wänden, nur dort nicht, wo es Fenster nach draußen gab.

Es waren viele Schritte, bis wir endlich in der großen Halle ankamen. Am Eingang blieb sie stehen: „Ich warte hier auf dich, damit du wieder zurückfindest." Ich konnte mich bei Abigail nur bedanken.

Beim Betreten der Halle fand ich den König erstaunlicherweise nicht auf seiner Bank. Er stand vielmehr in der Mitte des Raumes, vor ihm knieten mehrere Männer, die wohl irgend welche Anliegen vorgebracht hatten. David sah mich. Mit einer Bewegung hieß er die Männer aufstehen, sie sollten die Halle verlassen.

Er kam mit ausgebreiteten Armen auf mich zu. "Wie schön, dass du jetzt hier bist, ich habe dich schon mit Sehnsucht erwartet, meine Königin!" Seine Anrede war mir schon fast unangenehm, auf der anderen Seite schmeichelte sie mir natürlich sehr.

„Herr, ihr solltet mich nicht Königin nennen. Ich bin nur Bathseba, die Hethiterin. Eine Königin muss doch gesalbt sein, so wie ein König, oder?"

Mein Einwand verwunderte ihn. „Wenn ich sage, dass du Königin bist, dann bist du Königin! Und ich sage hier und heute noch einmal: du bist meine Königin! Ich werde zu den Priestern gehen, die sollen die Salbung vorbereiten, und ich will einen Stier opfern, damit GOTT uns wohlgesonnen ist! Und jetzt wollen wir uns zu Tisch legen und miteinander essen und trinken und reden!"
Das Essen war wieder einmal wunderbar, aber Machians Kochkünste standen dem nicht nach.
Ich nahm keinen Wein, statt dessen erbat ich mir Wasser und einen Saft als Getränk. „Bist du jetzt unter die Schafe und Esel gegangen, dass du Wasser trinkst?" David war sehr erstaunt.
„Der Wein ist nicht gut für unser Kind," entgegnete ich ihm.
„Unsinn, meine anderen Frauen haben auch Wein getrunken, als sie ein Kind trugen, also trink ruhig, es schadet ganz bestimmt nicht!"
„Bist du eine Frau oder ich? Bekomme ich das Kind oder du, mein König?"

Er brummte irgendetwas wie „eigensinniges Weib" in seinen Bart, ich tat, als hätte ich es nicht gehört.
„Lass uns jetzt darüber reden, wie es mit uns weitergehen soll. Du weißt ja sicher, dass hier im Palast noch Frauen wohnen, die mir schon Söhne geschenkt haben, Abigail kennst du ja schon, und die anderen solltest auch du kennenlernen, aber heute noch nicht. Wir werden, wenn du dich hier zu hause fühlst, ein großes Fest feiern, da sind dann gleich alle dabei."

Bathseba und David

„So eilig habe ich es auch nicht, Herr, deine anderen Frauen kennenzulernen, ich habe mit dem Kind im Bauch erst einmal genug mit mir zu tun, und ich will mich ja auch hier in deinem Palast wohlfühlen. Und ich weine noch immer nachts um Urija, ich habe ihn sehr geliebt!"

„Und mich liebst du nicht?"
„Noch nicht so sehr, das musst du verstehen. Vielleicht, wenn unser Kind auf der Welt ist, werde ich dich lieben können."
Er sah mich völlig erstaunt an. Eine Frau, die ihm klar sagte, das sie ihn nicht liebe? Das war noch nicht vorgekommen! Alle anderen Frauen, die er bisher auf seinem Lager hatte, und das waren nicht wenige, hatten ihm gesagt, dass sie ihn liebten!
„Und noch etwas, Herr will ich dir sagen! Ich glaube nicht, dass ich Königin sein kann. Und ich möchte das eigentlich auch nicht!"

„Geh! Geh in dein Gemach! Das ist jetzt aber zu viel!"
David wandte sich ab und ließ mich stehen.
Im Hinausgehen hörte ich ihn noch sagen: „Sie wird sich Urija schon noch aus dem Kopf schlagen, dafür werde ich sorgen!"

Ich ging, über mich selbst und meine Worte verwundert. „Bathseba, was hast du nun schon wieder gesagt?!"
Aber ein Wort aus meiner Heimat ging mir ganz plötzlich durch den Sinn.

„Tawananna" - Königin!

Papyrus 18

Geburt und Tod

Erzähler:

Der Prophet Natan erfährt von der hinterhältigen Art und Weise, mit der David erst Bathseba verführt und dann auch noch ihren Mann in den Tod getrieben hat. Erbost geht er zu ihm und sagt ganz klar und eindeutig, dass GOTT ihn bestrafen werde.

David sieht seinen Fehler, seine Sünde gegen GOTT ein, er fleht zu Gott, ihn zu verschonen, aber der hat bereits ein schweres Urteil über ihn gefällt.

Die Bibel sagt[15]:

> Da sprach David zu Nathan: Ich habe gesündigt gegen den HERRN. Nathan sprach zu David: So hat auch der HERR deine Sünde weggenommen; du wirst nicht sterben. Aber weil du die Feinde des HERRN durch diese Sache zum Lästern gebracht hast, wird der Sohn, der dir geboren ist, des Todes sterben. Und Nathan ging heim. Und der HERR schlug das Kind, das Urias Frau David geboren hatte, sodass es todkrank wurde. Und David suchte Gott um des Knäbleins willen und fastete, und wenn er heimkam, lag er über Nacht auf der Erde. Da traten herzu die Ältesten seines Hauses und wollten ihn aufrichten von der Erde; er aber wollte nicht und aß auch nicht mit ihnen. Am siebenten Tage aber starb das Kind.

---

15 2. Sam. 12,13-18

Bathseba und David

Bathseba: Mehrere Wochen lang verlangte David nicht nach mir. Es schien mir, als sei ich in Ungnade gefallen und nur noch geduldet, weil ich vielleicht einen Sohn gebären könnte.
Das Kind wuchs in mir heran. Zunächst hatte ich davon wenig Beschwerden, und wenn mir einmal unwohl war, stand mir meine Dienerin Saphira mit Rat und Tat zu Seite, las mir fast jeden Wunsch von den Augen ab und hatte stets einen guten Rat für mich, so auch heute.
„Du bist immer noch so dünn trotz des Kindes, du musst viel mehr essen! Schließlich bist du schwanger und musst für zwei sorgen!" versuchte sie, mich zu überzeugen.
„Mach dir keine Sorgen, ich sorge schon für uns beide. Man muss nicht besonders viel essen, nur wenn ein Kind unterwegs ist! Und ich möchte auch nicht so rund werden wie ein Schaf, bevor es geschoren wird!"

Saphira schwieg.
Dann hob sie erneut an: „Aber," ich unterbrach sie sofort. „Glaub mir, alles ist in Ordnung!"
„Auch der Streit mit dem König?" Ich zuckte zusammen. Nein, der war noch nicht wieder in Ordnung ...

Es war ein heißer Sommertag, als am Nachmittag eine Dienerin Davids, ich glaube, es war Damaris, zu mir kam: "Herrin, der König verlangt nach dir, du sollst zum Abend mit ihm speisen. Sei bitte rechtzeitig in der großen Halle!"
Ich habe mich sehr gefreut! Ich habe mich wirklich gefreut. Endlich wollte er mich wieder einmal sehen!

„Saphira! Wir wollen heute besonders schön aussehen. Der König will mit mir zu Abend essen!"

Mit strahlendem Gesicht kam Saphira zu mir. „Herrin, ich bin so froh! Endlich wird alles wirklich wieder gut!"

Mein hellblaues Kleid, in dem mich der König bei meinem ersten Besuch gesehen und das ihm so sehr gefallen hatte, passte leider nicht, wie meine Dienerin und ich sehr schnell festgestellt hatten. Aber ein anderes, auch sehr Schönes fand sich in meinen Sachen: in weiß, ganz weit geschnitten, so dass man mein Bäuchlein nicht sah, und die Schultern frei.

„Ganz schön mutig von dir, mit diesem Kleid zum König zu gehen. Er wird wieder Probleme mit den Augen bekommen!" meine Saphira in Anspielung auf des Königs erstem Eindruck von mir.

Ich musste lachen. „Das macht nichts. Schließlich hat er gesagt, ich sei seine Königin. Und dann kann ich anziehen, was ich will und was mir gefällt!"

„Recht hast du! Und du siehst ja schließlich wirklich sehr schön aus!"

Am späten Nachmittag gingen wir zu zweit zur großen Halle: „Geh wieder zurück, es wird etwas länger dauern, denke ich!"

Der König lag, wie sollte es auch anders sein, auf seiner Bank. Als ich eintrat, stand er auf, ganz entgegen seiner Gewohnheit, so wie auch schon an dem Tag, als wir uns gestritten hatten.

„Komm zu mir, meine Königin!"

Ich ging einige Schritte auf ihn zu.

„Du hast mich rufen lassen, Herr! Was wünschst du von mir?"

Bathseba und David

„Bitte sei nicht so abweisend! Ich habe dich sehr vermisst in den letzten Wochen. Und jetzt komm näher, setz dich auf die Bank gegenüber meiner! Und nun wollen wir gemeinsam essen und trinken und reden!"
Ich tat, wie er gesagt hatte, setzte mich brav auf die Bank. Ich war ja froh, endlich wieder einmal auf dieser Bank sitzen zu dürfen.
David klatschte zweimal in die Hände.
Drei Diener kamen mit den Speisen, und noch ein vierter mit Wein. Der Tisch wurde mit den Speisen gedeckt, der Diener wollte mir ebenfalls Wein einschenken. „Oh nein, keinen Wein. Bring mir Wasser oder Saft!"
Der Diener sah erstaunt zu David.
Der verzog das Gesicht, nickte aber dann dem Diener zu.
Nach kurzer Zeit war ein weiterer Diener mit Saft und Wasser da und stellte die Getränke vor mir auf den Tisch.
Wir haben lange miteinander geredet. Über seine Freude, von mir einen Sohn zu bekommen. Über die anderen Söhne, die hier im Haus lebten, die ich aber noch niemals zu Gesicht bekommen hatte. Über seine Frauen hier, was für mich etwas befremdlich war. Wir sprachen über den Krieg gegen die Ammoniter, über die Zeit der Hungersnot und über die Zeit, in der er verfolgt war und um sein Leben fürchtete.

„Und jetzt, meine Königin", ich wusste schon, was jetzt kam, „wollen wir in mein Gemach gehen und ein wenig Freude aneinander haben!"
„Oh nein, mein König, werden wir nicht! Vergiss nicht, dass ich ja vielleicht einen Sohn gebären werde! Was soll der denn von dir denken?"

David sah mich völlig verwirrt an:
„Wie, was soll mein Sohn von mir denken?! Das Kind kann doch noch nicht denken, es ist doch in deinem Leib!"

Schließlich ließ ich mich doch noch überreden, mit ihm in sein Gemach zu gehen.

„Komm nur, meine Königin, leg dich zu mir!"

Ich tat, wie er es wollte. Meine Ablehnung zuvor war einer riesengroßen Sehnsucht nach Liebe gewichen, und ich legte mich an seine Seite.

David, mein König, war ganz wunderbar liebevoll und zärtlich zu mir ...

Die nächsten Monate wurden beschwerlich. Das Kind wuchs in meinem Leib heran, wie Kinder das so tun. Bald konnte ich mir nicht mehr die Füße selbst waschen, wie gut, das Saphira mir zur Seite stehen konnte.

Es kam der Herbst, und überall im Palast war es kalt. Es kam aber nicht nur die kalte Jahreszeit, es war auch die Zeit, mein Kind zu bekommen. Diener stellten regelmäßig eiserne Körbe mit Glut in mein Gemach, um damit die Kälte zu vertreiben, und schöne, warme Decken hatte ich, um mich darein einzuwickeln.

Ich hielt mich nur noch in meinen Räumen auf, wollte nicht irgendwo im Palast von den Wehen überrascht werden, und an einem wirklich sehr kalten Tag war es dann soweit: mein Kind wollte ans Tageslicht!

Saphira holte Hilfe, Frauen aus dem Haus, die erfahren in der Hilfe bei Geburten waren. Sie organisierte alles, was nötig war, damit die Geburt gut vorangehen und es mir und dem Kind gut ergehen konnte.

Es war ein Sohn, wie es sich David gewünscht hatte. Sein erster Schrei an meiner Brust macht mich so glücklich!

Die Frauen und meine Dienerin versorgten das Kind und mich auch in den kommenden Tagen ganz wunderbar, es mangelte mir an nichts. Bis auf eine Sache: mein Kind behielt die Milch, die er von mir bekam, nicht bei sich, immer wieder spuckte er sie aus.

David kam nach zwei Tagen, um sich seinen Sohn anzusehen. Da war das Kind schon schwächlich. „Ich will zu den Priestern gehen und ein Opfer für meinen jüngsten Sohn bringen, damit ihn der Herr kräftige, und ich will Tag und Nacht für ihn beten. Der Herr möge den Fluch von ihm nehmen!"

Haben wir alle zunächst gedacht, dass sich diese Schwierigkeit in den nächsten Tagen geben würde, wurden wir eines Besseren, nein, eigentlich Schlechteren belehrt.

Mein Kind, mein erster Sohn, den ich zunächst einmal Issachar genannt hatte nach einem der zwölf Stammesväter, wurde immer schwächer, sein Weinen immer leiser. Ich mochte nicht schlafen und nicht wachen, hatte schreckliche Angst um meinen Kleinen.

Jeden Tag kam David wieder in mein Zimmer, nach dem Kleinen sehen, und jeden Tag wurde er verzweifelter: „Der Prophet hat es mir angekündigt, dass Gott mein Kind schlagen will. Was soll ich nur tun?" Er war völlig verzweifelt, so wie ich[16].

Nach sieben Tagen starb unser kleiner Issachar. Wer kann nicht meine, unsere Trauer um ihn verstehen …

Auch David war traurig, kam aber bis nach Ende meiner ersten Reinigung nicht in meine Nähe. Frauen sind nach einer Geburt nun einmal unrein. Ich war froh darüber, mit meinen Gedanken an den kleinen Issachar allein sein zu können!

Als David aber wieder zu mir kam, tröstete er mich so liebevoll[17], dass ich ihm einfach sagen musste, dass ich ihn jetzt, nach all der langen Zeit und auch jetzt, nach dem Tod unseres kleinen Sohnes, ebenfalls liebe.

---

16 Psalm 51 – Der vierte Bußpsalm / siehe Anhang
17 2.Sam. 12,24.25

Bathseba und David

Bathseba und David

Rolle 3

Die gemeinsamen Jahre

Bathseba und David

Bathseba und David

Papyrus 19

Salomon

Erzähler:

Nur ein Jahr später wurde Salomon geboren, von Bathseba und David sehr geliebt. Es war Davids erster Sohn, der in Jerusalem zur Welt kam (von Issachar einmal abgesehen), alle anderen Söhne von den anderen Frauen stammten aus Hebron[18].

Bathseba: Salomon war kaum geboren und trank noch von mir, als David mich wieder bei sich haben wollte.
„Du bist durch die Geburten noch schöner geworden, meine Königin. Ich begehre dich wie damals, als ich dich das erste Mal sah in eurem Garten sah! Komm mit mir!"
Und schon wollte er mich wieder in sein Gemach locken.

Aber heute hatte ich wirklich keine Lust, bei ihm zu liegen und vielleicht schon wieder ein Kind zu empfangen.
Ich wollte mit ihm etwas für mich ganz, ganz Wichtiges besprechen.
„Herr, bitte lass uns heute nur reden. Es ehrt mich, dass du mich noch immer begehrst, obwohl du doch so viele andere Frauen haben kannst, und die Mütter deiner anderen Söhne sind auch noch sehr ansehnlich. Aber heute habe ich ein Anliegen, einen Wunsch, den nur du mir erfüllen kannst!"
„Soll ich dir ein neues Haus bauen für dich und die Kinder? Du wirst mir

---

18 2.Sam. 3,2-5

ja noch mehr Söhne schenken, das weiß ich! Oder wünschst du dir Schmuck aus Gold und schönen Steinen? Ein goldener Reif an deinem Hals würde mir sehr gefallen! Oder ..." Ich unterbrach ihn.
"Nein, Herr! Ich wünsche mir nichts für mich!" Wie immer hatte er natürlich wieder nur seine Freude an mir im Sinn.

"Ich wünsche mir etwas anderes, etwas ganz großes, für unseren Sohn Salomon. Du sollst bestimmen und bekannt machen, dass dein Sohn Salomon später - und ich hoffe, du wirst noch sehr lange leben - dass dein Sohn Salomon später dein Nachfolger als König wird, dass die Priester, wenn er alt genug ist, ihn salben mögen. Er soll, das wünsche ich mir von dir, später König von Israel werden!"

Mein Wunsch verschlug David die Sprache. Nach einiger Zeit fasste er sich wieder und sah mich sehr ernsthaft an.
"Das ist ein sehr schwerwiegender und weitreichender Wunsch! Du weißt, dass meine älteren Söhne, vor allem Absalom und Amnon, den Anspruch auf den Königsthron haben. Und jetzt nennst du einfach so diesen Wunsch, einfach so, einfach so ..."

Nachdenklich sah mich David an. "Ich kann dir darauf jetzt keine Antwort geben! Meine älteren Söhne haben den Anspruch auf die Königswürde, und einfach so kann ich mich nicht darüber hinwegsetzen. Und das will ich auch nicht, bei all meiner Liebe zu dir und diesem kleinen Kind!"

Meine Enttäuschung über diese Entscheidung war mir, so glaube ich, anzusehen. Betrübt ging ich zurück in meine Gemächer, in denen mich meine Dienerin schon erwartete: "Dein Versuch ist nicht so erfolgreich

gewesen, den König von deinem Plan nach der Thronfolge durch Salomon zu überzeugen?!"
„Ach, Saphira, er hat mir klargemacht, dass die älteren Söhne einen deutlich größeren Anspruch auf den Thron haben. Und dagegen kann ich eigentlich nicht viel einwenden…!"

„Jetzt will ich mich aber anderen Dingen zuwenden. Sieh doch bitte nach, ob Anihoam in ihrem Gemach ist; ich möchte mich gern mit ihr unterhalten!"
Anihoam war viele Jahre älter als ich. Ihr Sohn Amnon wurde noch in Hebron, dem vorherigen Sitz des Königs, geboren. „Wenn ich deinen Salomon sehe, denke ich sofort an meinen kleinen Amnon - und jetzt zieht er schon mit den Soldaten in den Krieg…!" sagte sie einmal zu mir, als wir beieinander saßen bei einem Becher Tee.

Saphira ging, wie ich es gesagt hatte, und kam schon nach kurzer Zeit mit Anihoam zurück. „Schön, dass du nach mir gefragt hast, ich komme immer gern zu dir. Da können wir uns wieder einmal in Ruhe und ausführlich unterhalten! Wie geht es dem kleinen Salomon?"
„Ganz wunderbar! Er macht mir und auch dem König viel Freude. Er spielt jetzt mit seiner Kinderfrau in seinem Zimmer. Möchtest du ihn sehen?" „Oh ja, gern! Er mit seinen hellen Locken und dem fröhlichen Lachen erinnert mich immer ein wenig an Tamar, die Tochter Davids mit Machaa, und auch an meinen Amnon!"

Tamar war eine sehr hübsche junge Frau; sie trug noch immer Kleider mit Rüschen an den Schultern, dem Zeichen ihrer Jungfräulichkeit. Die jungen Männer, Davids Söhne wie auch die Diener, sahen ihr gern nach, wenn sie vorüberging. Besonders Amnon, ihr Stiefbruder, sah sie immer sehr verlangend an ...

Anihoam und ich redeten sehr lange Zeit miteinander, über meinen so jung verstorbenen ersten Sohn Issachar, über meine Zeit mit Urija, den ich immer noch nicht ganz vergessen hatte, über meine 'Eroberung' durch David, den König. Und sie erzählte über das Leben in Hebron, und auch über die anderen Frauen, die David schon damals geheiratet hatte.

Die Zeit an diesem Nachmittag verging wieder einmal wie im Fluge; wir trennten uns erst, als ein Diener zum Abendessen rief.

„Es war sehr schön mit dir an diesem Nachmittag. Ich hoffe, wir treffen uns bald wieder, vielleicht dann bei mir!" Ich stimmte sehr gern zu.

Das Essen am Abend mit David verlief ziemlich schweigsam, weder er noch ich wussten viel zu erzählen; ich glaube, durch mein Ansinnen hatten wir miteinander ein Problem!

Wie so oft, war sein „Ziehsohn" Mefi-Boschet[19] ebenfalls zum Essen gebeten; er lag fast täglich mit David bei Tisch.

Ich mochte den Mann nicht besonders gern, in meinen Augen war er immer sehr aufdringlich im Gespräch und auch sonst, außerdem sah er mich immer so an, wie man die Frau seines Königs nicht ansehen sollte - aber David hing an ihm!

Vor langer Zeit, nach einem der ersten gemeinsamen Essen, hatte David mir die Geschichte des Mefi-Boschet erzählt:

Er war der einzige überlebende Nachfahre Sauls nach dem verlorenen Kampf gegen David, in dem Sauls Sippe auch alle Güter an David verloren hatte. Wegen seiner verkrüppelten Füße konnte er, und auch das nur unter Schmerzen, ganz wenige Schritte gehen – er war er stets

---

19 2.Sam. 9,1-13

auf Hilfe angewiesen.

Mefi-Boschet war ein Sohn von Jonatan, eines Sohnes von Saul und lebte im Hause von Machir, dem Sohn von Amiël in Lo-Dabar, bevor David ihn (er war zu der Zeit etwa 20 Jahre alt und hatte einen Sohn) samt seiner ganzen Dienerschaft aufgenommen hat.

Dieser Amiël war natürlich nicht mein Vater, und Machir nicht mein Bruder, wie man von den Namen her vermuten könnte …

Nach dem schweigsamen Abendessen nahm David unser Gespräch vom Nachmittag wieder auf: „Ich denke, wir müssen die Sache mit Salomon noch etwas ruhen lassen, er ist ja auch noch sehr klein. Gott allein weiß, wer der nächste Gesalbte in Israel sein wird!"

Ich fand es sehr schön, dass er versucht hat, unsere Missstimmung zu beenden. Nur zu gern ließ ich mich darauf ein, vor allem im Sinne von Salomon. Er sollte König von Israel werden, das war mein Ziel, dafür lebte ich! Das hatte ich mir geschworen! Und ich würde dieses Ziel bis an mein Lebensende verfolgen, wenn nötig, und niemand sollte meinen, ich hieße umsonst Bathseba, Tochter des Schwurs.

Bevor ich wieder zurück in meine Gemächer ging, hatte ich David noch etwas ganz wichtiges mitzuteilen: ich war wieder schwanger! Schon drei Monde lang war meine Reinigung ausgeblieben.

Der König war natürlich hocherfreut: „Ich freue mich schon auf meinen nächsten Sohn von dir!"
Es war sinnlos, ihn davon zu über zeugen, dass es auch eine Tochter werden könnte.

„Du wirst nur Söhne gebären, meine Königin, ich weiß es ganz genau!"
Der kleine Salomon (David hatte ihm den Zusatznamen Jedidja – Liebling des Herrn gegeben) wuchs zur Freude von David und mir prächtig heran.

Er war ein wundervolles Kind, fröhlich, klug, wissensdurstig. Er war immer schön anzusehen in seinen kurzen Hosen, den Ledersandalen, dem Überwurf aus dunkelblauem weichen Tuch, und die Blicke der Frauen im Palast gingen im nach, wenn er über den großen Innenhof lief.

Wenn er in der großen Halle spielte (was ich ihm aber nur sehr selten erlaubte), ließ David die Angelegenheiten des Volkes ruhen und kümmerte sich nur um seinen Lieblingssohn, den er gern auf den Schoß nahm. Dann kitzelten Salomons blonde Locken das Gesicht seines Vaters, und immer wieder hörte man das Lachen des Königs und das Jauchzen des Kindes.

Papyrus 20

Rebekka

Erzähler:

Mit den Frauen nahm es David nicht so genau. Bathseba war schließlich seine siebte Ehefrau, dazu kamen noch die vielen nicht benannten Nebenfrauen im Frauenhaus des Palastbereiches, nicht zu vergessen die Sklavinnen ...
Die Frauen in diesem Frauenhaus lebten dort mit ihren Kindern, bis der König die Söhne in den Palast holte, um sie zu guten Soldaten, Beamten oder Palastwächtern zu machen. Auf diese Weise verfügte er stets über eine treue Gefolgschaft in seiner Nähe.

Bathseba: Mit der erneuten Schwangerschaft kam ich zunächst sehr gut zurecht, nur eines störte mich daran: mein Körper zeigte schon Spuren der Geburten und des Stillens meiner beiden Söhne, auch wenn der Kleine, der Erstgeborene nicht viel davon gehabt hat, weil er so jung verstarb.
Ich beschloss deshalb, mein nächstes Kind von einer Amme stillen zu lassen, schließlich wollte ich für meinen König auch weiterhin gut aussehen. Es gab ja immer wieder ja schwangere Frauen in Davids Palast, die sich gern zur Verfügung stellen würden, und wenn nicht, fand man auch eine Frau im Volk. Für eine gute Entlohnung durch David wollte ich wohl sorgen!

Als ich meiner Dienerin von meinen Gedanken dazu erzählte, hatte diese kluge Frau, wie eigentlich fast immer, einen guten Rat und Vorschlag für mich.

„Herrin, du solltest deinen Leib jeden Tag mit einem ganz bestimmten Kräuteröl einreiben. Eine der Frauen aus dem Frauenhaus, die auch schon mehrere Kinder geboren hat, gab mir den Hinweis. Und Übungen solltest du nach jedem Bad machen, damit deine Haut nicht erschlafft und David dich womöglich nicht mehr begehrt!"

„Frauenhaus? Was ist das denn?" entfuhr es mir.

„Nun, da wohnen all die Nebenfrauen des Königs, die Frauen, die er nur mal so in sein Haus aufgenommen hat, für die er aber keine Liebe mehr empfindet. Und deren Söhne und Töchter wohnen dort bei ihren Müttern."

Ich war erstaunt und verwirrt. Frauen, als Gespielinnen des Königs? Die er nur begehrt hat, um manchmal das Lager mit ihnen zu teilen?

Ich wollte mehr darüber wissen, und die Gelegenheit war günstig.

„Kannst du mir dieses Öl besorgen, Saphira? Ich will es ausprobieren! Und auch deinen Vorschlag mit den Übungen!"

„Ich werde mich noch heute darum kümmern, Herrin! Schließlich bin ich auch eine Frau, und wir müssen doch zusammenhalten!"

Schon am nächsten Tag kam Saphira mit der Frau aus dem Frauenhaus zu mir. Sie war viel älter als ich, sah aber noch sehr gut und jugendlich aus.

„Herrin, das ist Rebekka, von der ich dir erzählt habe. Sie hat ihr Wunderöl mitgebracht, und sie zeigt die auch, welche Übungen du machen musst, damit du jung und schön bleibst und dich der König weiterhin begehrt ...!"

„Ich grüße dich, Herrin. Saphira hat mir von deinem Wunsch berichtet.

Bathseba und David

Mir haben das Öl und die Übungen sehr geholfen, wie du vielleicht an mir sehen kannst denn ich bin inzwischen schon mehr als dreißig Jahre alt, und - schau mich an!"
Rebekka drehte sich vor Bathseba hin und her, zeigte sogar ihre Knie.
„Du siehst wirklich ganz wunderbar aus. Wenn dich der König so sieht...!"
„Da bin ich sehr zurückhaltend. Wenn er ins Frauenhaus kommt, bleibe ich immer in meinem Zimmer. Ich will nicht schon wieder ein Kind von ihm, mit meinen Dreien habe ich genug zu tun, schließlich sind im Frauenhaus nur sehr wenige Dienerinnen, und wir sind viele Frauen! Außerdem habe ich nur Töchter, das ist ein Vorteil!"
Nun bin ich schon fast vier Jahre hier in diesem Palast, und ich weiß immer noch nicht alles, was sich hier so in den Mauern abspielt! Von dem Frauenhaus habe ich ja auch jetzt erst erfahren; welche Geheimnisse birgt mein Herr David, birgt dieses Haus noch?
„Nun, sag, Rebekka: woher kommst du, wie bist du in das Frauenhaus gekommen? Wie viele Frauen seid ihr denn dort? Ich will alles wissen!"
„Nun, Herrin, ich muss mich jetzt zunächst um meine Kinder kümmern, die noch recht jung sind. Aber wenn du möchtest, komme ich am Abend wieder zu dir, und erzähle von meinem Leben. Und dann können wir auch das Öl versuchen, und eine erste Übung machen!"
Rebekka wandte sich zu gehen. „Bis später, Herrin, bis später!"

Die Dunkelheit war schon hereingebrochen, als Rebekka wieder an meine Tür klopfte.
„Da bin ich wieder, wie ich versprochen habe. Lass uns zunächst das Öl versuchen und dann eine der Übungen machen, damit dein Körper für dich und für den König schön bleibt!
Bitte lege dein Gewand ab und leg dich auf dein Lager."

Ich tat, wie mir geheißen. Rebekka nahm das Fläschchen mit dem Öl und ließ mich daran riechen. „Es duftet wunderbar! Was ist darin enthalten?" fragte ich, schon begeistert.

„Nun, ein gutes Öl und einige zerstoßene Kräuter, dazu Essenzen, die mir immer ein Händler aus dem fernen Ägypten besorgt hat. Sie sind sehr selten und teuer!"

„Ich will dich königlich entlohnen, wenn ich mit dir und dem Öl zufrieden bin!" sagte ich zu ihr, und sie begann, sich ein wenig von dem Öl in ihre Handflächen zu träufeln und damit meinen Rücken einzureiben. Es war sehr angenehm, das zu spüren.

„Die Vorderseite und deine Arme überlasse ich nun dir. Hier ist das Fläschchen mit dem Öl! Sei ganz sparsam damit, du benötigst jeden Tag nur ganz wenig davon!"

Mit wenigen Tropfen von dem Öl rieb ich auch die Vorderseite meines Körpers ein – es war ein gutes Gefühl. Dann kleidete ich mich wieder an und wartete auf die Übung, die Rebekka mit mir machen wollte.

Die Öllampen waren, da wir schon recht lange wieder beieinander waren, schon fast am Verlöschen.

„Lass uns die Übungen morgen machen, ich möchte jetzt schlafen," sagte ich zu ihr. Das Einreiben mit dem Öl hatte mich sehr ermüdet. „Du kommst morgen Nachmittag wieder?"

Mit den Worten „Gern, Herrin, bis zum Nachmittag!" ging sie zurück ins Frauenhaus, und ich hatte immer noch nichts von ihr erfahren!

Das Öl und die Übungen mit Rebekka wirkten wahre Wunder; ich fühlte mich bis zur Geburt meines nächsten Kindes ganz wunderbar, und auch die Geburt selbst ging, ganz anders als bei Salomon und dem kleinen Issachar, viel einfacher. Die Geburtshelferinnen waren sehr erstaunt.

Es war selbstverständlich, David hatte es wieder richtig vorausgesehen, ein Sohn, den wir Schimea nannten; das war Davids Wunsch. Ganz stolz zeigte ich ihm den Kleinen, als ich nach seiner Geburt wieder bei Kräften war „Sag, woher wusstest du, das es ein Sohn werden würde?" „Gott hat es mir gesagt, als ich für dich geopfert habe!" war seine Antwort, die mich in zweierlei Weise sehr erstaunte.

Nun, nach der Geburt des Jüngsten war ich wieder einmal, trotz der Hilfe einer Kinderfrau und der Amme, alle Tage ausgelastet, denn auch Salomon, unser 'Großer', forderte natürlich sein Recht.

Auch in der Zeit nach der Geburt Schimeas besuchte mich Rebekka regelmäßig, um mir ihr 'Wunderöl' zu bringen, mich damit einzureiben und mit mir Übungen zu machen.
„Dein König soll dich doch auch weiterhin schön finden und dich begehren, oder?" „Na ja, das Begehren darf sich ruhig erst einmal nicht auf mich beziehen; soll er doch ins Frauenhaus gehen!"
Im gleichen Augenblick, als ich das gesagt hatte, hätte ich mir am liebsten auf die Zunge gebissen! „Verzeih mir bitte, Rebekka, so habe ich das nicht gemeint, verzeih!"
Rebekka nahm, ohne ein weiteres Wort zu sagen, ihre Sachen und verließ mein Gemach.
„Rebekka! Rebekka, verzeih mir bitte!" rief ich ihr noch nach, ohne Erfolg.

Ich war betrübt und verzweifelt.
In Rebekka hatte ich endlich eine Freundin im Palast gefunden, und jetzt hatte ich sie mit ein paar unbedachten Worten verärgert! Wie konnte ich

Bathseba und David

das nur je wieder gut machen?" Meine Gedanken gingen hin und her. Zunächst aber musste ich mich um meine Söhne kümmern, mit Salomon spielen und auch den Kleinen liebhaben.

Für Schimea hatte ich mir durch Rebekka schon zuvor eine gute, liebevolle Amme aus dem Frauenhaus nennen lassen, die der Kleine auch sehr gut annahm. Sie nährte das Kind so gut, dass er nach nur ziemlich kurzer Zeit schon recht kräftig war und nicht mehr in die kleinen Kleidungsstücke passte, die ich von Salomon aufgehoben hatte - Salomon war ein sehr zarter, aber trotzdem kräftiger Säugling gewesen.

Drei Tage lang hat sich Rebekka von mir ferngehalten, und das jetzt, da ich sowieso nicht zu David gehen konnte. Dann aber, am Tag nach dem Sabbat, kam sie wieder, und wir versöhnten uns. Wer beschreibt meine Freude!

In dieser Zeit zog David mit dem Teil des Heeres, der noch noch nicht mit seinem Feldherrn Joab vor der Ammoniter-Hauptstadt Rabba stand, ins Ammoniterland. Dort war schon mein lieber Urija getötet worden, an den ich unwillkürlich denken musste ...
David war nur einige Wochen mit den Soldaten im Kampf, dann war Rabba erobert und der König geschlagen. David selbst nahm dem König die schwere Goldkrone, deren Gewicht mehr als ein Talent[20] betrug, vom Kopf und machte sie zu seiner eigenen![21] Die Stadt wurde geplündert, und ihre Einwohner zur Zwangsarbeit in den Ziegeleien fortgeführt.

---

20 Gewicht des Talents zwischen ca. 28,7 und 39,9 kg (3000 Schekel a 9,56 bzw. 13,3 Gramm).
21 nach 2.Sam. 12, 26 ff.

Bathseba und David

Ganz stolz ließ mich David nach seiner Rückkehr zu sich rufen: „Wir haben Rabba geschlagen und reiche Beute gemacht, und viele Sklaven haben wir gefangen genommen. Lass uns deshalb ein fröhliches Fest feiern!" Als ich hörte, was mit den Menschen geschehen war, die jetzt für David in der Gefangenschaft arbeiten mussten, war mir die Freude am Feiern vergangen.

„Mein König, ich fühle mich zur Zeit nicht gut; feiere du mit den Männern, deine Königin ist ein wenig betrübt und fühlt sich elend!"

David gefiel das überhaupt nicht, aber er ließ mich in meine Gemächer gehen …

Meine Gedanken gingen zurück in die erste Zeit mit Urija, in die Zeit auf dem Weg aus meiner Heimat nach Jerusalem. Alidja fiel mir ein, meine erste Dienerin, kaum älter als ich, die als Sklavin ebenfalls aus ihrer Heimat weggeführt wurde in ein für sie fremdes Land, weg von allen Lebenden und Toten ihrer Familie.

Meine Familie fiel mir ein, mein Vater, meine Mutter, meine Brüder. „Ich will sie besuchen oder kommen lassen!" schwor ich mir in dieser Stunde, in der David seinen Sieg feierte. Hatte er nicht versprochen, viele Schwerter und Lederschilde von meinem Vater kaufen zu wollen? Davon hatte ich nie wieder etwas gehört.

„Ich will David danach fragen!"

Papyrus 21

Tamar und Amnon

Erzähler:

Wir sind im Jahre 987.
Tamar war die Tochter von Machaa aus Geschur, eine der ältesten Frauen in Davids Haus. David hatte sie schon in Hebron geheiratet. Ihre Tochter hatte etwa ein Alter von fünfzehn Jahren, als sich Amnon, ihr Halbbruder von Ahinoam aus Jesreel, in sie verliebte. Mit einer List lockte er sie auf sein Lager und verging sich an ihr.

Bathseba: Nur kurze Zeit nach dem endgültigen Sieg über die Ammoniter mit dem Fall von Rabba hatte sich das Leben im Palast und meine Beziehung zum König wieder normalisiert, was bedeutete: ich war schon wieder schwanger.
„Nein, nicht schon wieder!" war mein erster Gedanke, aber was sollte ich dagegen tun? Ich konnte mich doch nicht dem König entziehen!

Schimea wurde doch noch gewindelt und teilweise von einer Amme genährt, damit hatte ich also keine große Mühe, aber Salomon forderte schon sehr viel Aufmerksamkeit von mir, er war ein sehr waches, lernbegieriges Kind, und ich jetzt schon wieder schwanger ...

Meine Dienerin Saphira half mir sehr bei allen meinen Tätigkeiten, und Rebekka kam regelmäßig, um mich zu besuchen. David hatte sehr viel zu tun, er hatte stets Männer bei sich, die für ihn seine vielen Bauvorhaben durchzuführen hatten. Jetzt plante er gerade den Neubau des Palastes, dieses Haus gefiele ihm nicht mehr, wie er mir sagte, der Palast in Rabba, den er erst vor Kurzem zerstört hatte, sei viel prächtiger und größer gewesen.

David hatte inzwischen ein Alter von 54 Jahren erreicht, und ich selbst war etwa 25; wir verstanden uns recht gut, der König und seine Königin, die immer noch nicht gesalbt war!

Wie ich es mir vorgenommen hatte, fragte ich ihn an einem ruhigen Nachmittag, an dem keine Bittsteller und Hofbeamten in der großen Halle waren und wir uns in Ruhe unterhalten konnten, nach der Sache mit den Warenkäufen von meiner Familie:
„Sag bitte, mein Herr, als du mich ganz am Anfang nach meiner Familie gefragt hast und ich von den Eisen- und den Lederwaren gesprochen habe, hast du einen deiner Schreiber beauftragt, sich um die Sache zu kümmern. Was ist denn eigentlich daraus geworden?"
„Nichts!" war nach einem Augenblick des Nachdenkens die kurze und eindeutige Antwort, „überhaupt nichts! Verzeih, aber ich habe es ganz einfach vergessen!"
„Und – kann denn noch etwas daraus werden? Wird sich mein Vater noch über einen größeren Auftrag aus dem Königshaus freuen können, so lange er lebt? Mein Vater, du kennst ihn ja, ist viel älter als du!"
David dachte eine kleine Weile nach.
„Ich werde noch heute einen Boten zu deinen Leuten senden. Sie sollen zu mir kommen und hier im Palast Muster ihrer Waren zeigen, und dann werde ich über einen Kauf entscheiden!"
Wie froh war ich über diese Worte, nicht nur für meine Familie, sondern

auch für mich: bewies diese Entscheidung doch erneut seine Zuneigung zu mir und unseren Söhnen!

Wenn wir beide Zeit und Gelegenheit hatten, saßen wir beieinander und sprachen sehr viel über seine Pläne und über Angelegenheiten des Volkes. Dafür hatte er allerdings immer weniger Zeit, so dass die Menschen manchmal ihre Sorgen und Nöte bei mir vortrugen. Ich konnte natürlich keine Entscheidungen treffen, aber Ratschläge geben. Manchmal fühlte ich mich schon als Königin, obwohl die Priester, die David dazu aufgefordert hatte, noch immer überlegten und Gott fragten, ob sie mich, die Hethiterin, zur Königin neben David salben sollten und dürften …
Die Priester hatten natürlich jedes Recht, zu zögern, hatte ich mich doch immer noch nicht richtig zum Glauben an ihren Gott JAHWE bekannt.
Daran wollte ich nun aber endlich etwas ändern und bat deshalb David bei einem unserer Gespräche, den Propheten zu mir zu schicken, oder den Obersten Priester. Ich wollte die Sache mit der Salbung jetzt selbst in die Hand nehmen!

Eines Tages, kurz vor dem Mittag, hatte ich mich mit den beiden Kindern und Saphira in den Hof des Palastes begeben, denn Salomon wollte mit Saphira ein wenig fangen spielen. Der Ball, den ihm einmal eine Kinderfrau aus Lederstückchen, gefüllt mit Stoffresten, genäht hatte, war sein liebstes Spielzeug. Das fröhliches Lachen und Jauchzen des Jungen schallte über den ganzen großen Hof, und der kleine Schimea mit seinen fast schon eineinhalb Jahren spielte mit Steinchen im Sand des Hofes.

Plötzlich wurden wir aufgeschreckt. Tamar, die Tochter von Machaa, lief laut schreiend und in Tränen aufgelöst über den Hof; sie kam anscheinend aus den Räumen von Anihoam, Davids erster Ehefrau. Dort wohnte zu dieser Zeit auch Tamar's Halbbruder Amnon, Anihoams Sohn.

Tamar lief genau in unsere Richtung.
„Tamar! Tamar! So warte doch!"
Weinend warf sie sich an meine Brust.
„Saphira, geh mit den Jungen hinein!" wies ich meine Dienerin an, die auch sofort meinem Wunsch entsprach, was natürlich Salomon mit lautem Protestgeschrei quittierte.
„Tamar! Was ist geschehen?" versuchte ich, sie weiterhin umarmend, nach der Ursache für ihren Schmerz zu befragen.
„Er hat … Amnon hat mich geschändet! Mein Bruder! Er hat mich entehrt, was soll ich denn jetzt nur tun?"
Sie riss unter Tränen die schönen Rüschen von den Ärmeln ihres Kleides, die Zeichen ihrer Jungfräulichkeit, und weinte noch immer bitterlich.
„Komm erst einmal mit in meine Gemächer, ruh dich ein wenig aus. Und dann werden wir miteinander reden und sehen, was zu tun ist!"
Sie kam tatsächlich mit mir, völlig aufgelöst. Ich hielt sie weiterhin umfangen, sonst wäre sie mir vielleicht noch ohnmächtig auf die Steine gefallen.
„Komm, Tamar, ich werde uns erst einmal einen heißen Tee kochen lassen. Saphira! Wir brauchen einen guten heißen Tee zur Beruhigung!"
Allmählich ließen Tamars Tränen nach.
„Er hat gesagt, er sei krank, und zum König hat er gesagt, dass ich ihm etwas zum Essen zubereiten solle, womit ich dann ja auch beauftragt

wurde. Wäre er nicht mein Bruder gewesen, hätte ich das natürlich sofort zurückgewiesen. Ich habe ihm in seinem Zimmer, wie es mir vom König befohlen war, eine Speise zubereitet. Dann, als ich ihm das frische Gebäck bringen wollte, hat er mich auf sein Lager gezerrt!
Ich konnte gar nicht so schnell fliehen, da hat er mich schon umklammert und dann …!"
Tamar kamen wieder die Tränen.

Saphira brachte den Tee; sie hatte einen beruhigend wirkenden Kräutertee ausgewählt. Meine Dienerin war wirklich eine ganz tolle Frau!
Ich nahm die erneut weinende, schluchzende Tamar wieder in die Arme. Wenn die Umstände auch andere waren: irgendwie fühlte ich mich wieder erinnert an das erste Mal mit David, der mich ja auch auf sein Lager gezwungen hatte!

„Amnon wird dich heiraten!" versuchte ich, Tamar's Gedanken wieder in ruhigere Bahnen zu lenken.
„Nein, nie, niemals wird er das tun! Er hat mich noch in seinem Zimmer ganz schrecklich beschimpft, gemeine Worte zu mir gesagt! Der wird mich nie heiraten! Und ich will ihn auch nicht!"
Nach einiger Zeit, in der wir still nebeneinander saßen und uns an den Händen hielten, erhob sie sich dann, um zu ihrer Mutter zu gehen.
„Ich werde dich begleiten! Und ich werde auch mit dem König sprechen. Wenn Amnon dich nicht heiraten will, muss er bestraft werden!"
Sie nahm mein Angebot dankbar an, glaubte aber nicht an eine Bestrafung Amnons durch David!

Anihoam war entsetzt, als sie von der schändlichen Tat ihres Sohnes erfuhr. Sie begegnete mir, als Tamar mich verlassen hatte, auf dem Weg in ihre Gemächer.

„Wie kann mein Sohn nur so etwas tun, seine eigene Schwester schänden?! Aber ich glaube zu wissen, wie er darauf gekommen ist! Amnon war schon lange Zeit in Tamar verliebt, das habe ich gewusst, und sie ist ja auch ein sehr schönes Mädchen. Viele schöne Mädchen gibt es ja nicht hier im Palast! Und jetzt hat er einen neuen Freund, den Sohn einer Nebenfrau, Jagusch. Dieser Freund hat ihm bestimmt geraten, wie mein Sohn bei Tamar zum Zuge kommen könnte. Ich werde Amnon aus meinem Haus weisen! Nichts will ich von jetzt an mit ihm zu tun haben. Ich bin nicht mehr seine Mutter!"

Sie brach in Tränen aus und rannte davon ...

Zurück in meinen Räumen, dachte ich zurück an meine Hochzeit mit Urija; ich war damals ja auch etwa so alt wie Tamar. Wie viel schöner war dieses Erlebnis doch für mich als für dieses Mädchen! Was mir durch diesen schrecklichen Vorfall wieder einmal deutlich wurde: Frauen, von ganz seltenen Ausnahmen abgesehen, zählten nicht in dieser Welt der Männer, der Priester und Soldaten!

Papyrus 22

Davids Reaktion

Erzähler:

Die israelische Gesellschaft damals war eine nach heutigen Maßstäben besonders für Frauen archaische Zeit. Gegen entsprechendes Brautgeld wurden sie an Männer verheiratet, die sie u.U. zuvor noch nie gesehen hatten. Wenn sie verstoßen oder verwitwet wurden, standen sie völlig mittellos da, sie wurden von ihren Männern, teilweise auch ihren Söhnen wie Arbeitssklaven behandelt. Ihren Männern dienten sie zusätzlich noch als Lustobjekte ohne eigene Rechte, solange sie noch attraktiv waren.

„Das Weib sei dem Manne untertan"[22] : diese im AT zwar nicht formulierte These, die in vielen Gesellschaften dennoch auch heute noch gilt, war damals im Verhältnis von Männern zu Frauen oberste Maxime.

Die Bibel sagt, im Gegensatz zur gelebten Praxis, etwas ganz Anderes, denn es ist in den Geboten nichts zu finden von der Überlegenheit der Männer![23] Gott hat die Frau dem Manne als Gefährtin gegeben und nicht als Sklavin!

Bathseba: Tamars Vergewaltigung machte mir schwer zu schaffen! Dieses junge Ding, recht betrachtet wie ich es bei meiner Verheiratung ja auch war, dieses junge Ding war vom eigenen Halbbruder geschändet worden! Das Gesetz forderte vom Täter, dass er sein Opfer heiratete[24]! Amnon hingegen hat sie davongejagt und ihrem Schicksal überlassen,

---

22 siehe Epheser 5, 22.23
23 Exodus 21
24 Exodus 22, 15.16

mehr noch, er weigerte sich, dem Gesetz zu entsprechen, obwohl ja Ehen zwischen Halbgeschwistern durchaus erlaubt waren. Ich selbst hatte an Davids Hof schon solche Menschen kennengelernt.

Nach längerem überlegen ließ ich David bitten, mich zu empfangen, damit ich mit ihm über die Angelegenheit reden könne.

Die Antwort kam sehr schnell: „Ich freue mich, dass du zu mir kommen willst, ohne dass ich dich darum gebeten habe!" ließ er mir als Antwort ausrichten.

Saphira suchte mir ein schönes, aber hoch geschlossenes Kleid heraus. Ich trug keinen Schmuck, als ich mich auf den Weg zum König machte, auch meine Augen und mein Mund waren ungeschminkt.

Auf dem Weg durch die langen Gänge des Palastes ging mir immer wieder durch den Kopf, was ich David sagen und wozu ich ihn bewegen wollte. Amnon musste bestraft werden, wenn er Tamar nicht heirateten würde!

„Sei gegrüßt, meine Königin!"
Mit diesen Worten wurde ich empfangen, und da schon die Mittagsstunde nahte, fragte er mich, ob ich mich mit ihm zum Mahl legen wolle; auch der von mir so ungeliebte Mefi-Boschet war schon da.

„Nein, mein Herr, heute bitte nicht, es hat mir jeden Appetit verdorben, was ich gestern erleben musste! Oder doch, lass uns gemeinsam speisen, und wenn wir wieder allein sind, muss ich etwas Wichtiges mit dir besprechen!" Bei diesem Gespräch wollte ich Mefi-Boschet wirklich nicht dabei haben!

Nach dem Essen, als der sich wieder zurückgezogen hatte, erzählte ich ihm die Ereignisse um Amnon und Tamar, die immerhin seine Lieblingstochter war.

Erregt sprang er auf: „Amnon soll sofort zu mir kommen!" brüllte er einem seiner Diener zu, der neben der Eingangstür zur Halle auf Befehle seines Herrn wartete. „Sofort!"
Ich fragte ihn, ob ich auch bleiben solle, wenn Amnon eingetroffen sei. „Das ist eine Sache zwischen Vater und Sohn, du solltest dann gehen" war seine eindeutige Antwort.

Es dauerte nicht lange, und Amnon erschien, stolz, mit erhobenem Haupt. Er zeigte keinerlei Schuldgefühle wegen seiner widerlichen Tat, im Gegenteil, ich hatte das Gefühl, er sei auch noch stolz darauf!
„Mein Vater, du hast mich rufen lassen! Was ist der Grund dafür, dass ich nicht einmal in Ruhe zu Mittag speisen kann?!"
Mir verschlug es die Sprache, so etwas hatte ich nicht erwartet.
David schluckte ein paar mal ob soviel Frechheit, dann wandte er sich an mich: „Bathseba, bitte geh jetzt!" wies er mich mit belegter Stimme an, „wir haben ein Problem zu besprechen! Ich lasse dich dann rufen!"
Ich verließ die beiden Männer und kehrte in meine Gemächer zurück, wo Tamar schon auf mich wartete: „Du warst beim König? Was hat er gesagt?" „Ich kann dir noch nichts berichten, er hat mich weggeschickt, als Amnon kam!"
Enttäuscht setzte sich Tamar auf eine Bank in meinem Zimmer. Ihre Sorge und Trauer war ihr deutlich anzusehen. „Amnon wird bestraft werden? Und mich nicht heiraten?" „Ich weiß es nicht, Tamar, David wird mich rufen!"

Nach dem heißen Sommertag zog jetzt aus dem Tal ein wenig Kühle herauf. Tamar war enttäuscht wieder zu ihrer Mutter hinüber gegangen, als einer von Davids Dienern zu mir kam: „Herrin, der König verlangt nach dir!"

Ich kleidete mich nicht um, sondern ging in meinen gewöhnlichen Tageskleidern zu David.

„Du hast mich rufen lassen?! Wie hast du denn in der Sache Amnon und Tamar entschieden?"

An seinem Blick bei meiner Frage konnte ich die Antwort schon fast erkennen. Er würde zu seinem Sohn halten und nicht zu seiner Tochter.

„Meine Königin!" hob er gerade an zu reden. Ich unterbrach ihn sofort.

„Sag, was wird!"

„Du bist immer noch so unbotmäßig deinem Herrn gegenüber wie früher, ich hätte dich schon damals züchtigen müssen! Seinem Herrn fällt man nicht ins Wort!" wies er mich schroff zurück.

„Wenn du mich gezüchtigt hättest, wäre ich jetzt nicht hier, und du hättest mit Sicherheit auch keine Söhne von mir!" entgegnete ich energisch. „Wir sind Mann und Frau und nicht Herr und Sklavin, du kennst mich!"

„Ja, ja, ja," lenkte er ein, „lass uns wegen dieser unerfreulichen Angelegenheit nicht in Streit miteinander geraten, die Sache ist ohnehin sehr schwierig zu entscheiden! Auf der einen Seite liebe ich meine Tochter, auf der anderen Seite jedoch ist Amnon als mein ältester Sohn der erste Anwärter auf den Thron, wenn ich einmal nicht mehr bin!"

Ich sah ihn erstaunt, ja verwirrt an. „Du willst Amnon später zum König salben lassen, diesen Mann, der deine Tochter geschändet hat? Das kann nicht wahr sein. Und was soll mit Tamar geschehen? Und was wird später mit Salomon? Hast du den wegen dieses – wegen dieses Schwesternschänders schon vom Königtum ausgeschlossen?"

David machte ein sehr nachdenkliches Gesicht. „Versteh doch, ich kann

Amnon nicht bestrafen wegen dieser Tat! Und für Tamar werden wir einen guten Mann finden. Ich werde meine Ratgeber mit der Suche beauftragen!"

Ich konnte diese Entscheidung nicht begreifen. So wenig waren ihm also Frauen, sogar seine Lieblingstochter, wert. Und wenn ich zurückdachte: sein Vorgehen, als er mich verführte und danach Urija in den Tod schickte, entsprach ja auch genau diesem Muster beim Umgang mit Frauen … Vielleicht konnte er deshalb nicht zu Gunsten Tamars entscheiden, sein eigenes Verhalten damals stand dem im Wege!
Ich bat ihn, mich in meine Gemächer gehen zu lassen, und zog mich zurück. In meinen Räumen konnte ich wenigstens meiner Wut und Enttäuschung freien Lauf lassen!

Saphira trat ein und fand mich voller Zorn: „Ich verstehe ihn nicht! Was soll ich denn jetzt zu Tamar sagen, wie soll ich ihr diese Entscheidung denn sagen?" Ich war grenzenlos traurig bei dem Gedanken daran.
Und ein zweiter, für mich persönlich ebenso wichtiger Gedanke erfüllte mich: er hatte meinen Salomon im Hinblick auf das Königtum in die dritte Reihe geschoben nach Amnon, den ich seit seiner abscheulichen Tat hasste und der nach meiner Meinung jeden Anspruch auf das Königtum verwirkt hatte, und Absalom! Davids zweitältester Sohn Kileab war bereits tot, er starb in irgendeiner Schlacht gegen die Ammoniter.

Absalom, Tamars Bruder, versuchte nach mir ebenfalls, David zu einer Bestrafung Amnons oder zu dessen Heirat mit Tamar zu überreden; David blieb bei seiner einmal gefassten Meinung. Es gab anscheinend keine Möglichkeit, ihn umzustimmen …

Ein Weg blieb mir noch: damals hatte der Prophet den Zorn Gottes über David ausgesprochen: ein Schwert werde künftig über seinem Hause schweben, und sein erster Sohn mit mir werde sterben; davon habe ich schon erzählt. Wenn ich jetzt mit der Angelegenheit zu den Priestern ginge, würden die vielleicht die den König noch umstimmen können.

Gesagt, getan! Ich ließ mir von Saphira Kleid und Umhang sowie einen Kopfschal geben, kleidete mich an und ging am Nachmittag vor das Palasttor zum Heiligtum. Eintreten durfte ich als Frau nicht, aber einer der das Zelt bewachenden Priester trat heraus und fragte mich, was ich wolle. Ich erzählte ihm von den Ereignissen und von Davids Entscheidung, nichts zu unternehmen.

„Nun, Amnon tut Unrecht, wenn er die Frau nicht heiratet, wie es das Gesetz bestimmt. Andererseits: mit einem anständigen Brandopfer kann er die Angelegenheit vor Gott und den Menschen wieder ins Reine bringen". Mit diesen Worten war für den Priester die Sache erledigt.
Diese Worte ließen mich sehr am Recht und an der Gerechtigkeit Gottes zweifeln. Galt denn das Gesetz nur für Männer?

Und noch etwas: ich wurde und werde den Verdacht nicht los, dass die Priester manche Opfer nur einfordern, um gut leben zu können, denn von den Opfertieren wurde nur immer ein kleiner Teil auf dem Opferaltar verbrannt, der Rest wurde vom Priester oder den Opfernden verzehrt ...
Vielleicht verstand ich aber ja auch den israelitischen Glauben nicht richtig; ich bin schließlich eine Hethiterin!

Wieder einmal kehrte ich enttäuscht in meine Gemächer zurück. Einziger Trost war mir dort, dass meine beiden Kleinen fröhlich spielten und mit unserer Kinderfrau auf mich warteten; ihr fröhliches Spiel hat meine Seele wieder beruhigt, andererseits war ich aber sehr traurig, dass ich für Tamar so gar nichts tun konnte!

Meine Schwangerschaft entwickelte sich zufriedenstellend, und Davids und mein Sohn Schobab kam ohne Probleme für uns zur Welt. Er war ein wenig schwächlich in den ersten Lebensmonaten, aber dank der Fürsorge seiner Amme, seiner Kinderfrau und mir entwickelte er sich später ganz prächtig; und meine beiden 'Großen' waren sehr lieb zu ihm.

Papyrus 23

Absalom und Amnon

Erzähler:

Die Vergewaltigung Tamars ließ ihrem Bruder Absalom keine Ruhe, er wollte Rache für den Missbrauch seiner Schwester.

David hatte, entgegen seiner ursprünglichen Überzeugung, immerhin Amnon vom Königshof verbannt, so konnten sich Tamar und er zumindest nicht begegnen.

Absalom aber schwor sich, die schreckliche Tat an seiner Schwester zu rächen und schmiedete Mordpläne, und damit setzte sich die Ankündigung das Propheten Nathan an David wegen seines Ehebruch mit Bathseba und des Mordes an Urija fort. Nathan hatte damals Gottes Entscheidung dazu berichtet: „Darum soll jetzt das Schwert auf ewig nicht mehr von deinem Hause weichen!"[25]

Bathseba: Irgendwann war natürlich Tamar nicht mehr das Wichtigste in meinem Leben. Die drei Jungen beanspruchten mich schon sehr, und meinen König wollte ich natürlich auch nicht vernachlässigen.

Meist ging ich zum Essen mit David in die große Halle; wenn nur der für mich so schreckliche Mefi-Boschet nicht fast immer dabei gewesen wäre, wir konnten kaum in Ruhe allein miteinander reden!

Mein wichtigstes Ziel war ja noch immer, dem König die Zusage abzuringen, Salomon später zum König salben zu lassen, wie ich es mir geschworen hatte, aber mit dem Plan kam ich zunächst überhaupt nicht

---

[25] 2. Sam. 12, 10

Bathseba und David

weiter, und ich durfte David natürlich auch nicht verärgern! In der Thronfolge waren natürlich Amnon, Adonija, Absalom und auch Schefatja die rechtmäßigen Nachfolger Davids, und er wollte davon nicht abgehen.

Es wechselten die Monde, wir feierten zweimal das Fest der ungesäuerten Brote. Im Jahr 985 schritt Absalom zur Tat und bereitete seine Rache an Amnon vor.

Meine Söhne, denen sich inzwischen ja auch mein drittes Kind zugesellt hatte, wuchsen, wie eigentlich auch die anderen Söhne Davids, ohne viele Kontakte mit ihrem Vater heran, lediglich Salomon bildete da eine Ausnahme: er durfte, wenn auch immer seltener, in der großen Halle des Palastes herumtoben, ja, manchmal sang ihm David sogar ein selbst gedichtetes Lied zur Laute vor!

Der König hatte in dieser Zeit immer weniger Zeit für die Angelegenheiten des Volkes, er war, zusammen mit einigen Beratern, mit der Planung des neuen und der Erweiterung des alten Palastes beschäftigt. In der Priesterschaft und auch im Volk war deswegen schon häufig ein gewisses Murren und Unverständnis zu spüren. Wenn ich, was immer häufiger vorkam, im Vorraum der großen Halle Menschen empfing, die mir ihre Sorgen und Nöte berichteten und oftmals auch meinen Rat erhofften, kam diese Unzufriedenheit manchmal zur Sprache und bedrückte mich sehr.
Wenn ich jedoch den König, darauf ansprach, wischte er meine Hinweise und Bedenken mit ein paar oberflächlichen Bemerkungen vom Tisch: „Sollen sie doch murren, ich bin der König und plane den neuen Palast und meine anderen neuen Häuser schließlich für das Volk!"

Bathseba und David

In dieser Beziehung war ich völlig anderer Meinung er, denn ich hatte den Eindruck, dass er sich mit diesen Bauvorhaben selbst eine Freude machen und als großer König gelten wollte, ganz gleich, was das Volk in seinen Lebzeiten von ihm hielt. Die Schreiber sollten ihn, so dachte ich, im großen Israels als herrlichen König beschreiben!

Eines Tages sandte Absalom einen Boten zu David: "Mein König! Ich will ein großes Fest feiern in Baal-Hazor, das zwischen Beth-El und Silo liegt. Wenn es deine Zeit erlaubt, bitte ich dich um dein Kommen! Es wird ein schönes Fest mit Musik und Tanz und schönen Frauen aus dem Lande!"

Absalom kannte seinen Vater und seine Schwäche für schöne Frauen, aber in diesem Fall lehnte David die Einladung ab, weil er an seinen Bauplänen weiterarbeiten wollte, wie Absalom es erwartet hatte. Da er sich aber sehnlichst wünschte, und davon wusste Absalom, dass seine wegen Tamar zerstrittenen Söhne sich wieder versöhnten, schickte er nach Amnon, der in der Stadt wohnte, der solle zu dem Fest gehen.

Amnon war hocherfreut: „Mein Bruder wird mir verzeihen und vergeben, und ich werden wieder in den Palast ziehen dürfen, und auch mein Vater wird mich wieder aufnehmen!"
Er machte sich auf den Weg nach Baal-Hazor zur großen Feier.
Dort angekommen, fand er alles so vor, wie Absalom es ihrem Vater geschrieben hatte. Es gab Musik und Tanz und schöne Frauen, und viel, viel Wein!
Der Wein wurde ihm schließlich zum Verhängnis: er sprach ihm über die Maßen zu, wurde immer betrunkener. Als ihm unwohl wurde, entfernte er sich von der Festgesellschaft und wankte in ein kleines Wäldchen

abseits.

Er war dort kaum angekommen, wollte sich seiner Not entledigen, als aus den Büschen drei, vier, fünf Männer hervorstürzten und ihn bedrängten. In seinem durch den vielen Wein hilflosen Zustand hatte er, der sonst durchaus in der Lage gewesen wäre, sich zu wehren, seinen Angreifern nichts entgegen zu setzen.

Ein Schlag mit einem schweren Holzstück auf den Kopf streckte ihn zu Boden, Fußtritte mit groben Stiefeln trafen seinen Körper, seinen Kopf, sein Gesicht. Er versuchte, zu schreien, Hilfe herbeizurufen, aber seine Verletzungen waren schnell so schwer, dass er kein Wort mehr aussprechen konnte.

Hilflos, bewegungslos lag er auf dem Boden des Wäldchens, als ihn noch viele Messerstiche in Brust, Rücken und Leib trafen, sein Blut färbte die Erde.

Seine Mörder, die von Absalom gedungen und gut bezahlt worden waren, leisteten ganze Arbeit. Niemand konnte nach ihnen suchen, denn das Fest mit Musik und Tanz ging ohne Amnon weiter; niemand vermisste den Königssohn.

Als das Fest vorüber war, fand man ihn im Wald.

In Absaloms Gesicht war keine Regung zu erkennen, als man ihm vom Auffinden seines Bruders berichtete. Das Entsetzen unter den noch gebliebenen Festteilnehmern war groß. Einer der Gäste, ein junger Priester aus dem Palast, der ein Freund Amnons gewesen war und Absalom beobachtete, eilte nach Jerusalem zum König. „Amnon wurde erschlagen, seine Mörder haben ihn schrecklich zugerichtet. Ich glaube, Absalom hat sie beauftragt!"

David, der gerade wieder über seinen Plänen saß, brach zusammen und

weinte bitterlich. Ich kam zu dieser Zeit gerade mit Salomon und Schimea in die große Halle und fand den König weinend, auf dem Boden liegend vor Schmerz. Sofort schickte ich meine Jungen mit der Kinderfrau, die uns begleitet hatte, in unsere Gemächer zurück und ging zu ihm, ihn zu trösten: „Mein König, hör auf mit dem Weinen. Ich will mich zu dir legen und dich trösten; an meiner Brust wirst du deinen Schmerz vergessen!"
Ich hob ihn auf und stützte ihn beim Weg in sein Schlafgemach; aber trösten konnte ich ihn nicht!

Abrupt löste er sich von mir und lief zurück in die Halle, wo er mit einer Stimme voller Groll und Zorn nach der Palastwache rief: „Bringt mir meinen Sohn Absalom. Er hat seinen Bruder Amnon ermordet, ich werde ihn furchtbar bestrafen! Sucht ihn in Baal-Hazor und in der Umgebung. Ich will ihn haben! Und bringt mir meinen toten Sohn, damit ich ihn in die Erde geben kann!"

Ich hatte Verständnis für ihn. Der eigene Sohn von einem anderen Sohn ermordet. Bei der Vergewaltigung von Tamar vor gut zwei Jahren war er seinem Sohn Amnon gegenüber deutlich milder, aber da ging es ja auch nur um eine Frau ...
Schon wieder einmal hatte sich die Weissagung des alten Propheten Nathan „Darum soll das Schwert auf ewig nicht von deinem Hause weichen; denn du hast mich verachtet und dir die Frau des Hethiters genommen[26] ..."

---

26 2. Sam 12, 10

Papyrus 24

Davids Palast

Erzähler:

Absalom erfuhr natürlich vom Zorn seines Vaters, der ihn hätte vernichten können, und floh aus dem Lande.

Sein Großvater, der König Talmai aus Geschuur, der Vater seiner Mutter, gewährte ihm Zuflucht. Hier blieb er mit seiner Familie drei Jahre lang.[27]

Durch den Mord am erstgeborenen Bruder Amnon und den nicht dokumentierten Tod des zweiten Sohnes Kileab in der Erbfolge hatten sich die Chancen auf die Königswürde deutlich in Richtung Absalom verbessert, es sei denn, sein Vater würde ihn verstoßen.

Absalom hielt seinen Vater für einen sehr schwachen König; er wollte deshalb für Israel einen starken, mächtigen König salben lassen: sich selbst.

In den drei Jahren in Geschuur schmiedete er Pläne, wie er an die Macht kommen könne; zunächst aber galt es abzuwarten, bis sich der Zorn des Königs wieder gelegt hatte. Schließlich war der Mord an Amnon nicht der erste Brudermord in der Geschichte des auserwählten Volkes …

Bathseba: Bis zum Jahre 982, blieb Absalom in Geschuur, ohne dass wir im Palast etwas von ihm hörten, nur hin und wieder berichteten Boten über ihn.

Davids Pläne waren inzwischen so weit gediehen, dass der Bau des

---

[27] 2. Sam.13,23ff.

neuen Palastes beginnen konnte.

Auch das erste Baumaterial wurde bereits mit langen Karawanen herbeigebracht: Edles Zedernholz von den Küsten des Libanon, Ziegelsteine, von Sklavenhand im Umland von Jerusalem gefertigt, Marmor aus den Steinbrüchen Ägyptens und vieles andere mehr.

Schon einige Monde zuvor hatte der König Boten ausgesandt, um die Fachleute für die Bauarbeiten nach Jerusalem zu holen. Vor allem erfahrene Bauleute aus Tyrus, die der dortige König Hiram zur Verfügung stellte, sorgten für einen zügigen Baubeginn und Fortschritt der Bauarbeiten am neuen Palast[28].

Mein jüngster Sohn Nathan, inzwischen längst schon den Windeln entwachsen, war, wie schon seine Brüder, mit seinen sechs Jahren ein sehr fröhlicher, an allem interessierte kleiner Mann.

Tamar hatte, wie es David vorgesehen hatte, einen Hofbeamten, den Schreiber Nabal, geheiratet und war inzwischen mit zwei Kindern gesegnet, wobei der Älteste ihrem toten Halbbruder Amnon doch sehr ähnlich sah.

Sie besuchte mich sehr häufig und brachte auch den Jungen und das Mädchen mit; auf mich machte sie noch immer einen sehr traurigen Eindruck.

Als Absalom sein Exil in Geschuur wieder verlassen hatte, weil sich der Zorn seines Vaters etwas gelegt hatte, ging er mit seiner Familie zurück nach Jerusalem und wohnte mit seiner Familie in einem sehr schönen Haus direkt neben dem Palast, aber es sollte noch zwei lange Jahre

---

[28] 2.Sam 13ff.

dauern, bis er wieder mit seinem Vater zusammentreffen sollte.

Joab, der alte, treue Feldherr Davids, ertrug den andauernden Streit zwischen David und Absalom nicht länger und versuchte, zwischen den beiden Männern, zwischen Vater und Sohn zu vermitteln:

„David, mein König! Ich diene dir nun schon so viele Jahre, habe für dich viele Feinde besiegt, dir stets treu gedient. Einen letzten Kampf möchte ich noch für meinen König kämpfen!"

„Welchen Kampf? Alle unsere Gegner sind besiegt, im Lande herrscht Frieden, die Menschen sind glücklich. Willst du einen neuen Krieg beginnen?" David war verwundert.

„Oh nein, mein Herr, keinen Krieg gegen Fremde! Ich spreche von dem Kampf, den du gegen dich selbst führen musst, den Kampf, deinen Sohn Absalom wieder in dein Haus zu holen! Lass mich diesen Kampf führen, ganz allein. Lass mich mit deinem Sohn reden! Es ist nicht gut für ein Königshaus, wenn die Familie zerstritten ist!"

Nach diesem Gespräch fand ich am Nachmittag dieses Tages einen sehr nachdenklichen König vor.

„Lass uns reden", sprach er mich an, als ich vom Diener gerade einen Becher von meinem Lieblingstee eingegossen bekam, „stell dir vor, heute war Joab, der alte Krieger, bei mir."

„Und was wollte er? Wieder einmal ins Feld ziehen?"

„Ganz falsch! Er wollte, dass ich mich mit Absalom versöhne, ihn wieder in mein Haus hole, ihn wieder als Thronerben aufnehme! Was sagst du dazu?"

Ich war innerlich entsetzt von dieser Vorstellung, hatte ich doch bisher geglaubt, dass meinem Salomon nur noch Adonija, Davids Sohn mit Haggith, im Weg stand.

„Was soll ich dazu sagen, Herr? Darüber musst du ganz allein entscheiden, was ich auch sagen würde, es wäre falsch!"

Salomon war inzwischen schon elf Jahre alt geworden.
David entschied, wie ich es befürchtet hatte: mit seiner ganzen, inzwischen auf viele Angehörige angewachsenen Familie durfte Absalom wieder in den Palast einziehen. Seine Frauen und die Kinder wurden freundlich von allen anderen Mitgliedern von Davids Familie aufgenommen, nur ihm selbst gegenüber blieb bei den meisten eine gewisse Zurückhaltung wegen des heimtückischen Brudermordes in Baal-Hazor, der sich natürlich im Palast damals sofort herumgesprochen hatte. Wie ich aber inzwischen erfahren hatte, war ein derartiges Verhalten, sogar ein Brudermord, nicht selten in der Geschichte dieses Volkes!

Im Frauenhaus des 'alten' Palastes, wie ich neuerdings immer zu sagen pflegte, das David trotz seines Alters - er war ja inzwischen auch nicht mehr der Jüngste - noch hin und wieder besuchte, war meine Freundin Rebecca leider an einer heimtückischen Krankheit verstorben. Ihr Leib war über die Maßen angeschwollen, so, als ob sie ein Kind erwartete, und sie hatte unerträgliche Schmerzen. Die Priester, die ihr Möglichstes für eine Heilung versuchten, konnten ihr nicht helfen, und im Winter des Jahres 980 fand man sie tot auf ihrem Lager. Ich hatte sie während ihrer Krankheit häufig besucht, aber sie wollte wegen der Schmerzen nicht mehr leben. Ich war sehr traurig, als ich von ihrem Tod erfuhr, und bat David, für sie einen Stier zu opfern.

„Ich soll einen Stier für eine Frau opfern? Ich denke, wenn du so großen

Bathseba und David

Wert darauf legst und sie dir eine so gute Freundin war, werde ich den Priestern einen Schafbock als Opfer geben!"

Zunächst war ich etwas enttäuscht über diese Entscheidung, aber dann habe ich mich doch gefreut: schließlich erkannte er an, wenn auch vielleicht nur mir zuliebe, dass auch Frauen vor Gott ihren Wert haben!

Davids ganzes Denken und Handeln ging um seine Baupläne. Täglich saß er mit den Bauleuten zusammen, zeichnete auf großen Papyros-Blättern, rechnete mit Zahlen auf schiefernen Tafeln, redete mit seinen Baumeistern.
Fremde kamen oft in den Palast, mit ihm die Pläne zu besprechen, Handwerker erklärten ihm ihre Kunst.

Und eines Tages, ich hatte schon gar nicht mehr damit gerechnet, standen mein Vater und mein Brüder in der großen Halle, als ich gerade mit meinen Jungen zum König gehen wollte.
Ich habe sie sofort erkannt, sie aber wussten zunächst nicht, wer ich war.
Sie verneigten sich vor mir, denn einer der Diener hatte ihnen gesagt „Da kommt die Königin mit ihren Söhnen!"
„Steht auf, mein Vater, meine Brüder, steht auf! Ich bin es, eure Bathseba, die ihr dem Hethiter Uriel zur Frau gegeben habt. Ich bin es wirklich!"
Die vier Männer blickten sich, blickten mich erstaunt an.
„Du? Hier? Königin?" Geradezu ehrfürchtig blickten sie zu mir auf.
„Ja, ich bin es wirklich!"

Ein Diener kam und unterbrach unser Wiedersehen.
„Ihr sollt sofort zum König kommen, Herrin! Und seine Söhne sollen auch

mitkommen!"

„Sofort, ich komme sofort! Aber zunächst will ich meinen Vater umarmen und meine Brüder ebenso. Ich komme sofort. Die Jungen können ja schon mit dir gehen!"

Dann ging ich zu meinem Vater, meinen Brüdern, umarmte sie. Mein Vater war in den letzten Jahren, was nicht sehr verwunderlich war, sehr alt und auch etwas gebrechlich geworden, bei meiner stürmischen Umarmung hätte ich ihn fast umgeworfen, hätte ihn nicht einer meiner Brüder gestützt. „Vater! Meine Brüder! Ich habe schon nicht mehr daran geglaubt, dass euch der König rufen lässt! Ich bin so glücklich!"

Der Diener erschien schon wieder. „Herrin!" Seine Stimme war sehr mahnend.

Ich wandte mich noch einmal zu meinen Leuten.

„Ich lasse euch später sagen, wo ihr mich finden könnt. Ich freue mich schon riesig auf euch!"

Der Diener ging mir voraus zum König.

„Habe ich dir Zuviel versprochen? Sind deine Leute gekommen? Dein König hält seine Versprechen!"

Mit diesen Worten begrüßte mich David fröhlich, während die Jungen sofort begannen, in seiner unmittelbaren Nähe auf dem Boden zu spielen.

Nur in Gedanken antwortete ich ihm: "Naja, es hat ja nur dreizehn Jahre gedauert, bis du es erfüllt hast!" Ausgesprochen habe ich diesen Gedanken natürlich nicht ...

„Heute soll ein Tag für dich und deine Familie sein. Ich habe schon Anweisung gegeben, dass man sie gebührend unterbringt, wie es dem

Vater und den Brüdern meiner Königin zusteht. Und morgen werden wir, gemeinsam mit den Bauleuten, darüber reden, was Leder und Eisen betrifft.

Jetzt aber nimm unsere Söhne und geh wieder zu ihnen, man wird sich um alles kümmern."

Wie dankbar ich David, dem König, meinem Ehemann war, kann ich gar nicht sagen. Ich war einfach glücklich.

„Kommt, meine Söhne, wir wollen gehen!" Die drei, Salomon, Schimea und Schobab, liefen voraus, der kleine Nathan mehr stolpernd als laufend… Salomon rief mir im Laufen noch zu: „Wohin sollen wir denn gehen?"

„Zum Großvater, zum Großvater!" antwortete ich fröhlich. „Großvater? Wer ist das denn? Von dem haben ich hier ja noch nie etwas gehört!" Mein Großer, Salomon, fragte ganz erstaunt.

„Ihr habt die Männer vorhin in der kleinen Halle gesehen, bevor wir zu eurem Vater gingen! Euer Großvater, der mit dem langen grauen Bart – das ist mein Vater aus dem fernen Gadara, und er ist gemeinsam mit meinen Brüdern gekommen, weil euer Vater, der König, ihm gesagt hat, dass er kommen solle. Und nun ist er hier, und ich freue mich so sehr… Und jetzt gehen wir alle zu ihm und zu meinen Brüdern!"

Zu meinen Gemächern gehörte auch eine großer Vorraum, eine kleine Halle, in der ich immer mit meinen Freundinnen saß, wenn wir uns über alles Wichtige und Unwichtige aus dem Palast und der Stadt unterhalten wollten.

Hierher gingen wir gemeinsam, meine Söhne und ich. Die Kinder waren ganz neugierig auf die fremden Männer, die so plötzlich in unserem Haus waren. Vater und meine Brüder waren natürlich auch so ganz anders gekleidet als die Männer, die hier im Palast lebten, und auch anders als die Soldaten der Palastwache und die Diener. Besonders Salomon und Schimea suchten die Nähe zu meinen Leuten, und es dauerte nicht sehr lange, bis der eine bei meinem Vater und der andere bei einem meiner Brüder saß, ich glaube, es war Modij, mein ältester Bruder.

„Erzähl doch, wie ist es dir ergangen?" Meine Leute wollten natürlich vor allen Dingen wissen, wieso ich jetzt als als Königin galt, und ich wollte natürlich alles aus unserem Dorf erfahren, besonders von unserer Mutter. „Deine Mutter ist schon vor fünf Jahren gestorben, sie war sehr schwach und müde geworden, ihr fehlte einfach die Kraft zum weiterleben …".

Mein Vater war noch immer traurig darüber, auch hatte er nicht mehr soviel Kraft und Schwung wie früher. Alt war er geworden durch das viele arbeiten an der Esse, durch das Schmieden des Eisens. Seine Hände waren rau und rissig, das Kopf- und Barthaare grau und schütter – in meinen Gedanken war er aber immer noch der kraftvolle, dunkelhaarige Mann, der zehn von den schweren Schwertern, die er mit meinen Brüdern herstellte, gleichzeitig auf seinen starken Armen tragen konnte.
Lange Zeit haben wir miteinander geredet. Die Erinnerung an die vergangenen Zeiten hat uns froh und traurig zugleich gemacht!

Ein Diener des Königs trat ein und fragte mich, ob er meine Leute jetzt zu ihrer Unterkunft geleiten sollte, wo auch für Essen und Trinken gesorgt sei. Wir waren eigentlich noch nicht am Ende mit unserem Erzählen, es gab noch so Vieles, über das wir hätten reden können, aber jeder Tag geht einmal zu ende, und meine Leute waren von der langen Anreise auch ziemlich müde …

Der nächste Morgen kam, und mit ihm das für meine Familie so wichtige Treffen mit dem König.

Die Jungen hatte ich in der Obhut ihrer Kinderfrau gelassen, nur Salomon hatte so lange gedrängt, bis ich schließlich einwilligte, ihn zu dem Treffen meiner Leute mit den Bauleuten und dem König mitzunehmen.

„Habt ihr gut schlafen können, hat man euch zu essen und zu trinken gebracht? War alles in guter Ordnung hier im Palast für euch?" Vater antwortete als der Älteste, auch wenn Modij inzwischen, wie ich gestern erfahren hatte, vieles vom Vater übernommen hatte und er eigentlich jetzt das Familienoberhaupt war: „Es war alles ganz wunderbar, und das erstaunlichste war für uns, dass es überall in den Gängen Leuchter mit Öl gibt, die zur Nacht angezündet werden! Und das Essen war auch sehr gut, so etwas haben wir noch nie gehabt!"

Später habe ich von einem Diener erfahren, das sich mein guter alter Machian um die Angelegenheiten gekümmert hatte …

Wir gingen gemeinsam zur großen Halle, das heißt, zunächst in die Vorhalle. Hier warteten schon mehrere Männer darauf, vorgelassen zu werden.

Als sie sahen, dass ich mit Salomon, Vater und Brüdern, warfen sie sich zum Zeichen ihrer Ehrerbietung auf den Boden.

„Steht auf, Männer!"

„Herrin, wirst du unsere Anliegen beim König vorbringen?"

„Das wird heute nicht gehen, ihr seht doch, mein Sohn und mein Vater und meine Brüder sind mit mir. Aber morgen bin ich wieder für euch da!"

Enttäuscht verließen die Männer die Vorhalle.

„Du bist wirklich die Königin bei den Leuten!" Mein Vater konnte es nicht begreifen. „Tawananna - die Königin ?!" Auch bei meinem Vater war die Erinnerung an die alten Zeiten des Hethiter-Reiches noch vorhanden: damals konnte die Großkönigin wie der König selbst Anordnungen geben, sogar Verträge aushandeln und abschließen!

„Du bist wirklich die Königin, ich kann es immer noch nicht glauben – unsere kleine Bathseba!"

Wir wurden in die Halle zum König gerufen, der natürlich als Zeichen seiner Macht und Würde wie immer auf seiner gut gepolsterten Bank lag.

„Tretet näher, Männer, und auch du, mein Sohn, und du, Batseba!"
Seine laute, feste Stimme schallte durch den Raum. „Tretet näher!"

Meine Leute näherten sich, nach meiner Ansicht zu unterwürfig, dem König.

„Männer aus Gadara, kommt her, wir wollen mit euch über Arbeiten reden, die ihr für mich erledigen sollt! Und du, Schreiber, hole die Tafeln und schreibe alles auf, was ich dir sage!"

Der Schreiber kam wie befohlen, mehrere dünne Tafeln aus schwarzem Stein und einen Schreibstift in der Hand.

„Mein Sohn, komm zu mir, setz dich an meine Seite, heute kannst du etwas lernen!"

Salomon war begeistert, das konnte ich ihm ansehen!

Dann wandte sich David wieder an meinen Vater. „Ihr seid also der Vater meiner Königin," er sah ihn freundlich an, „ihr könnt stolz auf sie sein, denn sie hat mir schon fünf Söhne geschenkt. Der erste ist ja leider von

unserem Gott zu früh abberufen worden ..."
Der König legte eine kleine Pause ein.
„Nun, heute wollen wir über meinen neuen Palast reden, den ihr sicher schon im Bau gesehen habt, die Handwerker sind schon fleißig dabei, die Wände aufzumauern.
Nun aber zu euch.
Du und deine Söhne – ihr sollt für den neuen Palast alle eisernen Leuchter herstellen, die Leuchter für alle Kammern und Gemächer, für die Gänge und Hallen, und einen oder zwei Prunkleuchter für den Königssaal, dabei müsst ihr sogar viel Gold verarbeiten. Habt ihr Gold dafür? Natürlich nicht!" beantwortete David, der König, seine Frage selbst. „Man wird euch genügend davon geben, wenn ihr wieder in euer Dorf geht. Aber eines muss ich sagen: versucht nicht, mich um das Gold zu betrügen, es würde euch nicht bekommen!"
Meine Leute waren wie erstarrt, und auch ich war sehr verwundert. Alle Leuchter, dazu zwei Prunkleuchter? Welch ein Segen kam da auf meine Familie zu.
„Was sagst du, mein Sohn, zu meinem Wunsch?"
Der Junge schluckte ein wenig, hatte ihn sein Vater doch noch niemals um seine Meinung gefragt. Aber: Salomon kam natürlich schon so langsam ins Mannesalter mit seinen jetzt fast zwölf Jahren.
„Mein Vater, ich weiß ja noch nicht, wie viele Leuchter benötigt werden. Lass deinen Schreiber die Zahl ermitteln!"
„Sehr klug, mein Sohn!"
„Schreiber, wie viele Leuchter brauchen wir?"
„Für jede Kammer einen, manchmal auch zwei oder drei, in den Gängen jeweils ein Leuchter mit Öl alle zwölf Schritte, in den Hallen an den Wänden ebenfalls je ein Leuchter alle zehn Schritte, aber für Fackeln –

ich habe es ermittelt, als wir zuletzt mit den Bauleuten zusammen waren!"

„Nun sag schon, wie viele insgesamt?"

„Herr, es ich eine gewaltige Zahl: wir benötigen insgesamt", seine Stimme stockte ein wenig, „also es sind insgesamt vierhundertsechzig Leuchter für Öllampen und einhundertvierzig Leuchter für Fackeln!"

„Schreiber, hast du, auch die Fackeln bedacht, die den Umgang um den Hof beleuchten können?" Salomon richtete das Wort ungefragt direkt an den Schreiber, der zusammenzuckte.

„Die, die – die habe ich nicht mitgerechnet, junger Herr!"

„Nun," entgegnete ihm mein Sohn, „Der große Innenhof, ich habe es auf des Königs Plänen gesehen, misst an jeder Seite zweihundert Schritte. Wenn du die Tore und Türen abrechnest, sind das insgesamt ungefähr siebenhundert Schritte, und wenn du alle zwanzig Schritte eine Fackel setzen willst, sind das also noch einmal fünfunddreißig Leuchter!"

David sah seinen Sohn mit großen Augen an, und auch wir anderen waren völlig erstaunt.

„Woher kannst du den so etwas?" David konnte es kaum fassen.

„Ich kann noch viel mehr, auch Lesen und Schreiben! Meine Mutter hat mir sehr gute Lehrer ausgesucht!"

Der Schreiber hatte inzwischen seine Aufzeichnungen berichtigt.

„Nun", erhob er die Stimme, „ich glaube nicht, dass diese große Zahl von Leuchtern von den Brüdern unserer Herrin angefertigt und hergebracht werden kann. Wir sollten vielleicht auch noch Schmiede hier aus Jerusalem fragen!"

David überlegte einen Augenblick, dann sagte er, wieder direkt zum seinem Sohn: „Was denkst du, kann dein Großvater das mit seinen Söhnen schaffen?"
Auch Salomon überlegte, man konnte geradezu sehen, wie er rechnete.
„Herr Großvater, wie lange benötigt ihr für eine Lampe? Ihr solltet euch beraten und uns dann die Zeit nennen!"
Wieder waren wir alle sprachlos. Mein Sohn Salomon!

Vater und meine Brüder gingen einige Schritte zur Seite und berieten sich. Dann kamen sie zurück.
„Wenn wir das Eisen haben, können wir an jedem Tag acht Leuchter anfertigen," sagte mein Vater, an Salomon gewandt.
„Acht Leuchter am Tag, das sind", der Junge überlegte, rechnete im Kopf, „das sind ungefähr einhundert Tage! Und nun, Schreiber, sag selbst: können mein Großvater und seine Söhne das schaffen?"

Der Schreiber war sichtlich verwirrt. Ich wusste: diese Kunst Salomons würde im Palast noch heute bekannt werden.
„Schreib den Auftrag auf einen Papyrus, und gib den Batsebas Vater. Und dann geh zum Kämmerer, er soll den Männern das benötigte Gold für die Prunkleuchter geben und auch für den Kauf des Eisens, dazu etwas als Lohn vorab."
„Herr," Salomon mischte sich in das Gespräch ein, „wollt ihr den Männern das Gold mitgeben, ohne dass Soldaten sie zu ihrem Schutz geleiten? Die Reise nach Gadara ist nicht nur beschwerlich, sondern auch voller Gefahren!"
David überlegte einen Augenblick.
„Du hast recht, mein Sohn!" Er wandte sich dem Schreiber zu:

Bathseba und David

„Schreiber, eine Gruppe, acht Mann, soll sie begleiten, gib entsprechende Weisung an Nafta, er soll alles vorbereiten!"
Der Schreiber verneigte sich und zog sich, natürlich rückwärts gehend, in seine Schreibstube zurück; wir anderen bedankten uns beim König und gingen ebenfalls hinaus.

Im Hof führten meine Brüder richtige Freudentänze auf, ihre Begeisterung über den riesigen Auftrag war nicht zu bremsen.
Salomon und ich gingen hinüber in unsere Zimmer, die Männer zu ihrer Unterkunft.
In meinem großen Wohnraum musste ich meinen schon fast erwachsenen Sohn Salomon erst einmal umarmen, was ihm eigentlich nicht mehr so richtig gefiel, aber das war mir egal!
„Du wirst König werden", flüsterte ich ihm zu, „der größte König, den Israel je gehabt hat!"
Salomon sah mich sehr nachdenklich an …

Ein schöner Tag neigte sich dem Abend zu.
Ich war kaum ein wenig zur Ruhe gekommen, ließ mich der König rufen. Warum, wusste ich schon im Voraus. „Wir wollen uns einen schönen Abend machen" waren immer seine Worte, und ich wollte ihm wirklich einen schönen Abend machen als Dank für den Auftrag an meine Leute!
Es wurde ein sehr, sehr schöner Abend, der bis zum Morgen andauern sollte …
Meine Leute, glücklich und sehr zufrieden, machten sich am nächsten Morgen mit ihren Begleitern auf den Weg nach Haus. Ich sah ihnen ein wenig wehmütig nach! Ob ich sie jemals wiedersehen würde?

Papyrus 25

Die Bundeslade

Erzähler:

Es ist das Jahr 977. Der Altar des Herrn war unverändert in dem großen Zelt neben dem alten Palasttor untergebracht, ein Zustand, den die Priesterschaft zu Recht kritisierte, und das größte Heiligtum, die Bundeslade, immer noch im Lande des ehemaligen Königs Saul.

Dort war also noch immer die heiligste Stätte des israelischen Volkes.

Andererseits war es nicht einfach, und die Vergangenheit hatte es gezeigt, dass die Vereinigung von Königtum und Priesterschaft noch nie zum Erfolg geführt hatte.

Die Kritik seitens der Priester nahm der König, im Gegensatz zu der des Volkes, sehr schnell auf und fällte eine Entscheidung.

Bathseba: „Und noch etwas habe ich mir überlegt: ich will die Bundeslade[29] hier nach Jerusalem bringen lassen, und Gott selbst wird mich zum obersten der Priester bestimmen!"

Mit diesen Worten überraschte mich David, nachdem mein Vater und mein Bruder wieder auf dem Heimweg waren. Ich kannte mich zwar nicht in den Heiligen Büchern aus, hielt das Ganze aber für ziemlich schwierig.

„Gibt es dann keine Schwierigkeiten mit den Priestern, die bis jetzt das größte Heiligtum betreuen? Hat eure Heilige Schrift, euer Gott, nichts dagegen? Und: geht das denn überhaupt, König und Hoher Priester gleichzeitig zu sein?"

---

29 Aussehen der Bundeslade siehe Ex 25,10-22

Bathseba und David

„Das habe ich schon mit Asaf besprochen, der sich als oberster Priester hier in Jerusalem auch damit auskennt. Es wird keine wesentlichen Einwendungen geben, hat er mir versichert.

Und auch Zadok in Kirjat-Jearim unterstützt mich bei meinem Vorhaben. In dieser Stadt soll endlich zu unserem Gott vor dem größten Heiligtum angebetet werden!"

So langsam wurde mir dieser Mann unheimlich! Jetzt will er auch noch oberster der Priester werden! Aber, wie immer, hat er natürlich meine Bedenken beiseite geschoben!

Die Bundeslade befand sich seit über dreißig Jahren im Lande Juda in Baala[30]. Mit einer riesigen Menge des Volkes wollte David die Bundeslade in einer feierlichen Prozession nach Jerusalem holen, und wir hatten unser Gespräch kaum beendet, da traf er schon seine Vorbereitungen dazu; häufig konnte ich jetzt hohe und höchste Priester im Palast sehen, was zuvor nicht so oft der Fall war.

Zunächst wurde aber, und da traf es sich gut, dass Simeon mit seinen Männern noch auf dem Berg Zion war und eine vorläufige Stiftshütte bauen konnte, denn die 'richtige' Stiftshütte befand sich im Lande Gibeon[31] mit der Bundeslade und diente dort der Anbetung JAHWEs. Gibeon aber war im Lande Benjamin, dem alten Gebiet von Davids Vorgänger Saul, und die Menschen dort würden kaum von der Stiftshütte lassen wollen; deshalb also eine vorläufige Stiftshütte hier als Ersatz für das vor dem Eingang zum 'alten' Palast stehenden Zelt-Heiligtum.

---
30 Siehe 2.Sam. 6,2
31 1.Chr.16,39

Bathseba und David

Wir Frauen waren von all diesen Aktivitäten natürlich ausgeschlossen! Bei einem unserer Gespräche habe ich diese Tatsache einmal gegenüber David angesprochen und eine herbe Abfuhr bekommen: „Unser Gott ist ein Gott für alle Menschen, die an ihn glauben! Aber alle Dinge, die mit priesterlichem Geschehen und Handeln zu tun haben, sind uns Männern vorbehalten. So steht es im Gesetz!"

In Davids Gedanken waren Frauen eben doch immer noch Menschen niedrigerer Ordnung und eigentlich nur zur Freude der Männer, zum Söhne gebären und zum Arbeiten auf der Welt! Bei allem Vertrauen von ihm mir gegenüber: in diesem Punkt habe ich ihn niemals umstimmen können!

Im folgenden Frühsommer wurde das Vorhaben „Bundeslade" begonnen. Nach meinem Alptraum bin ich nie wieder auf eine Baustelle gegangen, ich wollte Simeon nicht noch einmal begegnen; wer weiß, ob ich meine Gefühle hätte unter Kontrolle halten können ...

Ein riesiger Zug von Priestern, Soldaten und Einwohnern Jerusalems zog zur Einholung der Bundeslade nach Kirjat-Jearim in Baala, an der Spitze der König mit seinen Söhnen Adonija und Salomon. Dann folgten die Priester aus Jerusalem, danach die obersten der Heerführer mit ihren Vertrauten und dann das Volk. Bei Auszug aus der Stadt stand ich auf der Mauer des neuen Palastes und blickt hinunter auf die Straßen. Welch ein gewaltiger Zug von Menschen!

Die Entfernung von Jerusalem nach Kirjat-Jearim ist nicht sehr groß, vielleicht vier Stunden entfernt; aber der festliche Zug aus so vielen Menschen bewegte sich sehr, sehr langsam, so dass David, der ihn anführte, erst nach dem Höchststand der Sonne in Gibeon eintraf.

Am Heiligtum dort wurde der Festzug vom Obersten Priester Zadok feierlich begrüßt. Der Oberste Priester aus Jerusalem, Abjatar, schmückte die Lade mit grünen Zweigen. Die aus dem ganzen Reich versammelten Leviten[32], denn nur diese und die obersten Priester durften die Bundeslade berühren, wenn sie auf den prächtigen Wagen geladen werden sollte, standen um die Bundeslade und beteten.
Dann wurde sie feierlich auf den geschmückten Karren geladen.
Ungeschickt ließen die Träger, zwölf Leviten, die schwere Lade fallen. Usa, ein Mann aus dem Volk, half, den Sturz der schweren, über und über mit Gold verzierten Lade auf die Erde zu verhindern und berührte sie deshalb mit den Händen. Da er aber kein Levit war, der die goldene Lade berühren durfte, strafte ihn der Gott Israels mit dem Tode!
Das Heiligtum JAHWEs, das heißt das Stiftszelt, blieb unter der Leitung des Priesters Zadok jedoch auch ohne Bundeslade zunächst dort[33].
Alle diese Ereignisse hat mir mein treuer Diener Machian berichtet, der sich in unmittelbarer Nähe aufgehalten hat.

Ach ja, Machian! Auch dieser treue Mann war inzwischen sehr gealtert. Seine Bewegungen waren nicht mehr so schwungvoll wie einst, das Haupthaar wurde langsam grau und schütter, und manchmal fehlte ihm auch die Kraft, schwere Arbeiten zu verrichten! Aber seine Kochkünste, die er manchmal für mich und meine Söhne zeigen konnte, waren nach wie vor unübertroffen, und Davids Köche holten sich so manches Mal Ratschläge und Hinweise von ihm...

---

32 Aufgaben der Leviten siehe 1. Chr 23, 24ff.
33 1. Chr 16, 37ff.

Bathseba und David

Das Leben im Palast hat ihm nie richtig gefallen, seine Fähigkeiten konnte er nur sehr selten zeigen, und als einfacher Diener, der die Gemächer reinigen und Ordnung halten musste, war er eigentlich viel zu gut, aber aus alter Verbundenheit wollte ich ihn gern in meiner Nähe behalten, genau so wie meine treue Dienerin Saphira!

Als die Jungen größer waren, hat er sich zeitweise sehr um sie gekümmert, mit ihnen kämpfen geübt, sie im Reiten auf einem Pferd unterwiesen, sie auch, mit meinem Einverständnis, gezüchtigt, wenn sie über die Stränge geschlagen hatten, denn David freute sich zwar über seine Söhne, hatte aber fast nie Zeit für sie.

Aber zurück zur Einholung der Bundeslade nach Jerusalem.

David hielt natürlich trotz des Urteils Gottes gegen Usa an seinem Plan fest. Nachdem der Wagen, der von ausgesuchten Soldaten gezogen wurde, beladen war, setzte sich der Zug in der gleichen Ordnung wie zuvor in Richtung Jerusalem in Bewegung, wo er mit Beginn der Dämmerung eintraf.

Zu Ehren seines Gottes, aus Freude über den guten Verlauf und überhaupt tanzte David im priesterlichen Efod aus Leinen[34] den ganzen Weg zurück wie von Sinnen vor der Bundeslade her, und viele, die ihm direkt nachfolgten, taten es ihm gleich. Es war ein fröhlicher Zug, der da durch die Stadt zog, aber nicht alle Menschen in Israel waren über dieses Vorgehen Davids glücklich: Machaa zum Beispiel, die die ganze Aktion aus dem Fenster ihres Gemaches beobachtete, war entsetzt über die Tatsache, dass das Heiligtum aus seiner angestammten Heimat im Lande Sauls herausgeführt wurde[35]. Sie sprach nie wieder ein Wort mit David, sondern ließ sich stets verleugnen, wenn er nach ihr fragte.

---
34 1. Chr 5,2-28
35 2. Sam 6,20

Bathseba und David

Die neue Stiftshütte war noch nicht ganz fertiggestellt, so dass die Bundeslade zunächst in das Heilige Zelt am Eingang des Palastes gebracht werden musste.

Für mich war diese Angelegenheit nicht besonders wichtig: bedeutsam für mich war, dass David wieder glücklich und zufrieden war, wir miteinander reden konnten, und dass ich meinen Plan für Salomon verwirklichen konnte!

Am Abend dieses aufregenden Tages warf sich David völlig erschöpft, aber glücklich auf sein Lager, ich konnte ihn nicht dazu dazu bringen, mit mir ein paar schöne Stunden zu haben: „Geh in deine Gemächer, meine Königin, ich muss mich jetzt ausruhen!"

Papyrus 26

Simeon, der Baumeister

Erzähler:

Wir sind im Jahre 976.
Einen prächtigen Palast hatte sich David bauen lassen. Edles Material, Zedernholz aus dem Libanon, eiserne Leuchter, goldene Kandelaber, Marmor aus den Steinbrüchen Ägyptens – an nichts war gespart worden. Der Pracht und Größe des Palastes stand die Not und die Armut des Volkes gegenüber, das unter der Steuerlast ächzte und deswegen immer wieder murrte. Es war aber auch unzufrieden mit dem König, weil er die 'Staatsgeschäfte' wegen seiner Bau-Aktivitäten stark vernachlässigte.

Bathseba: Der Palastbau kam dank der vielen Arbeiter aus ganz Israel, der Sklaven in den Ziegeleien im Lande und den Männern aus Tyrus zügig voran. Bald schon waren die große Halle und die vielen kleineren Häuser mit ihren Gemächern für die vielen Familienmitglieder und verdiente Hofbeamte fertiggestellt, dazu die besonderen Häuser für die vielen Dienerinnen und Diener. Zu meinem Erstaunen war ein neues Frauenhaus in Davids Bauplänen allerdings nicht vorgesehen, seine Nebenfrauen sollten weiterhin in dem alten Gebäude bleiben!

Der Bau hatte insgesamt etwas mehr als zwei Jahre gedauert; ich konnte nur staunen, wie schnell und ordentlich die vielen Arbeiter ihr Werk erstellten. An jedem Morgen, an dem mich die Sonne weckte, bewunderte ich den Baufortschritt.

Der erste der Aufseher, ein großer, dunkelhaariger Mann mit einer

Stimme, wie sie mich schon bei Urija so beeindruckt hatte, erklärte mir dann immer, was die Männer am Tag zuvor geleistet hatten.

Überhaupt erinnerte mich dieser Mann, Simeon war sein Name - ich habe ihn mir gut gemerkt – sehr stark an Urija. Zwar hatte er keine Soldaten zu kommandieren, aber seine Anweisungen an die Steinmetze, die Maurer und Zimmerleute, an deren Helfer, die Materialbringer und die Frauen, die die Arbeitenden zu versorgen hatten, waren schon ebenso energisch und zielbewusst wie die von Urija an seine Soldaten!

David hielt sich in dieser Zeit mir gegenüber sehr zurück, ich sah ihn nur selten bei Mahlzeiten; zu Simeon fühlte ich mich vielleicht auch deshalb sehr hingezogen!

Saphira, meine treue Dienerin, hat meine Zuneigung zu dem Fremden natürlich sofort bemerkt.

„Herrin!" sprach sie mich nach einiger Zeit an, „Herrin, du solltest nicht mit dem Feuer spielen! Ich sehe an jedem Morgen, wenn du in Richtung Baustelle gehst, einen Glanz in deinen Augen, den ich früher nur vor deinen Treffen mit David bemerkt habe! Lass dich nicht auf diesen Mann ein, David wird ihn und dich vernichten, wenn er davon erfährt - und er wird von irgend jemandem davon erfahren!"

„Ach, Saphira! Du siehst schon wieder Gespenster!"

„Oh nein, Herrin, und du weißt es auch! Simeon ist ein sehr schöner, kraftvoller Mann, ich bin ja nicht blind, und du magst solche Männer! Dein Urija war doch auch von dieser Art, oder?"

Ich war sprachlos, wie gut mich meine Dienerin kannte.

Eigentlich hatte sie ja Recht, aber – nur einmal noch, morgen früh, wollte ich auf die Baustelle gehen und mich mit Simeon unterhalten, obwohl es sich ja eigentlich nicht ziemte, wenn eine Frau mit einem fremden Mann sprach! Aber schon seine Anwesenheit tat mir so gut - selbst die Gedanken an ihn erfüllten mich mit Sehnsucht, jetzt, da David so zurückhaltend war ...

Die Sonne sank, es wurde Nacht. Als ich mich zur Ruhe begab, stand der volle Mond schon hoch am Himmel; er schien direkt durch das Fenster in mein Gemach, zeichnete ein großes Rechteck auf den Boden. David hatte wieder einmal nicht nach mir gefragt, meine Gedanken gingen unruhig zu ihm und, ich muss es gestehen, auch zu Simeon, dem Fremden. Unruhig wälzte ich mich auf meinem Lager hin und her, schlief erst nach einer geraumen Zeit ein. Mitten in der Nacht, der Mond hatte sein Licht aus aus dem Gemach genommen, sah ich das Öllämpchen, das auf einem kleinen Tisch an der Seite meines Zimmers brannte. Sein Licht warf unruhige Schatten an die Wände, und ich meinte, einen leichten Luftzug im Raum zu spüren.
Saphira schlief in ihrer Kammer, durch sie konnte dieser Luftzug nicht verursacht werden!
Ein großer Schatten zeichnete sich an der Wand ab, bewegte sich langsam auf mich zu. Ich erstarrte in meinem Bett, zog die Decke aus Schafwolle über meinen Kopf, wollte nicht sehen, was oder wer da auf mich zukam.
„Simeon, bist du es?" hörte ich mich mit zitternder Stimme sagen.

Plötzlich war ein Poltern und Rufen vor der Tür; sie wurde aufgerissen, Männer mit Fackeln kamen herein, die Palastwache! Acht Mann stürmten in das Schlafgemach der Königin! Welch eine Dreistigkeit!
„Komm sofort heraus!"
Die Stimme eines Soldaten dröhnte durch den Raum.

War Simeon war in mein Zimmer eingedrungen, um die Nacht mit mir zu verbringen? So hatte ich sie mir nicht vorgestellt, die Erfüllung meiner heimlichen Zuneigung zu ihm! Die Soldaten griffen ihn und führten ihn hinaus. „Simeon!" rief ich ihm noch leise nach.

Saphira trat ein, mich zu beruhigen und zu trösten. „Siehst du, Herrin, wohin das führt? Jetzt wird er sterben müssen, David wird keine Gnade kennen!"

In Schweiß gebadet erwachte ich.

Das Öllämpchen brannte ganz ruhig vor sich hin, Saphira schlief in ihrer Kammer, die Tür zu meinem Gemach war verschlossen.

Welch ein Alptraum!

Am Morgen wachte ich, von dem Traum noch völlig verwirrt, auf. Saphira brachte mir einen Kräutertee und einige kleine Gebäckstücke. „Du hast nicht gut geschlafen!" stellte sie fest, „Simeon?" Das war von ihr keine Frage, sondern eine Feststellung. „Vergiss ihn!" so ihr gutgemeinter Rat, den ich nach diesem Traum wirklich annahm.

David ließ mich rufen.

„Ich habe Soldaten zu deinen Leuten nach Gadara geschickt, sie sollen ihnen den verdienten Lohn bringen und zugleich die Leuchter für den Palast holen. Ich bin sehr neugierig, wie dein Vater und deine Brüder die großen Leuchter für die Halle gefertigt haben, ich denke, wir werden zufrieden sein!"

„Ich hoffe sehr, mein König. Schmiedearbeiten sind ihre Welt, nur mit Gold haben sie noch nie etwas zu tun gehabt. Aber ich freue mich, dass die Arbeiten jetzt abgeschlossen sind. Vielleicht kommen ja mein Vater oder einer meiner Brüder mit zu uns als Begleitung der Soldaten ..."

„Ich habe mich in der letzten Zeit viel zu oft und zu lange von dir ferngehalten, Batseba, meine Königin! Das wird sich jetzt wieder ändern, denn der Palast ist fertig bis auf die Leuchter von deinen Leuten. Wir werden, wenn alles angebracht ist, in den neuen Palast ziehen; ich freue mich schon darauf! Und jetzt lass uns das Lager miteinander teilen und Freude aneinander haben, du hast mir gefehlt in der zurückliegenden Zeit!"

Alles würde wieder gut, und die Gedanken an Simeon flogen davon wie die Wolken im Wind ...

Nur zwei Monde später kamen die Soldaten, gemeinsam mit Vater und meinem Bruder Arnuwanda und schwer beladenen Karren, aus Gadara zurück.

Als die schweren Lasten entladen waren, konnten wir die Arbeiten bewundern: die eisernen Leuchter, sowohl für Fackeln als auch teilweise zusätzlich für Öllampen vorgesehen, fanden die Zustimmung Davids und aller, die sie betrachten konnten.

„Holt mir sofort die Bauleute, sie sollen die Leuchter sofort an den Wänden befestigen. Mein Sohn Salomon soll ihnen sagen, wohin sie jeweils gehören, und er soll auch selbst die Handwerker beaufsichtigen!"

Dann aber, auf einem besonderen Karren, wurden die großen goldenen Leuchter, die von der Decke in der großen Prunkhalle des Palastes herabhängen sollten, hereingefahren. Sie wurden aus den schützenden Decken und Tierfellen ausgepackt.

Welch eine Pracht, welche Schönheit hatten meine Leute geschaffen; ich konnte mich nicht daran satt sehen.

David stand unbeweglich da, staunend; ich sah, dass er von den Arbeiten wirklich beeindruckt war.

„Vater, Arnuwanda! Wie habt ihr das nur gemacht?! Die Leuchter sind so wunderschön!"

Vater antwortete auf mein Schwärmen. „Wir haben uns alles angesehen, was für einen solchen Leuchter als Vorlage dienen könnte. Und dann sind wir auf eine Wüstenblume gestoßen, die wir hinter unserem Haus, genau da, wo du immer gespielt hast, gefunden haben."

Für einen kurzen Augenblick stand ich wie versteinert, meine Gedanken überschlugen sich geradezu. „Wüstenblume!" So hatte mich Urija immer genannt. „Meine Wüstenblume!"

Das konnte ich natürlich nicht aussprechen, David wäre sehr verwundert gewesen.

„Eine Wüstenblume!"

Nach kurzer Zeit hatte ich mich wieder gefangen – den Gedanken an Urija durfte ich keinen Raum geben, schließlich war ich schon viele, viele Jahre Davids Frau, Mutter von vier seiner Söhne!

Strahlenförmig gingen jeweils dreizehn geschwungene Arme von einer goldenen Kugel in der Mitte der Leuchter aus, kunstvoll mit fein gestalteten goldenen Blättern verziert. An der goldenen Kugel war oben ein Ring angebracht, der zur Befestigung eines Seils diente, mit dem die Leuchter in die Höhe gezogen werden konnten.

An den Enden der Arme waren spiralförmige, nach unten hin immer enger werdende Ringe angebracht, die zur Aufnahme der Fackeln dienen sollten. Was mich allerdings verwirrte: jeweils einer der Arme war nicht aus Gold, sondern aus Eisen geschmiedet.

Ich fragte meinen Vater nach diesen Armen der Leuchter. „Diese eisernen

Bathseba und David

Arme sollen zeigen, dass es auch Teile eines Ganzen gibt, die nicht von vornehmster Herkunft sind, die aber dennoch gut und richtig und notwendig sind!" gab er mir die Erklärung dafür. Meine Ansicht war aber - und die durfte ich David gegenüber natürlich nicht äußern – dass mein Vater damit mich als Königin in Davids Haus gemeint hatte. Irgendwie machten mich diese eisernen Leuchterarme sehr stolz!
„Tawananna!"

„Wir wollen die goldenen Leuchter auch sofort aufhängen lassen. Salomon! Bespricht alles mit den Handwerkern, du hast da völlig freie Hand!"
„Aber warum sind nicht alle Leuchterarme aus Gold, war es nicht ausreichend? Und warum sind es jeweils dreizehn?" wandte er sich, wie auch ich zuvor, an meinen Vater, der sich respektvoll vor ihm verneigte:
„Herr, das Gold war ausreichend, wir haben noch etwas wieder mit zurückgebracht. Wir wollten damit zeigen, dass auch andere Völker der Welt, die nicht unter dem Schutz eures Gottes sind, für das Ganze wichtig sind. Zwölf goldene Arme jeweils für die Stämme Israels, ein eiserner Arm für die Fremden!" Eine ganz andere Erklärung, als Vater mir gegeben hatte!
David dachte über Vaters Worte lange nach.
„Du hast recht, alter Mann, du hast recht! Wie weise von dir, von euch gedacht! Ich danke euch dafür!"

Dann wandte er sich wieder zu mir.
„Wir wollen, wenn alle Leuchter angebracht sind und die Fackeln brennen können, ein großes Fest in unserem schönen neuen Palast feiern; alles Volk soll kommen und sich am König, an seiner Königin und am Palast

erfreuen! Und wir wollen große Dankopfer bringen! Und dieses Fest soll mein Sohn Adonija vorbereiten!"

Adonija, der bisher von David fast nie erwähnt wurde und der sich, jedenfalls nach meinem Eindruck, statt im Palast lieber bei den Soldaten aufhielt, war sehr erstaunt.

„Ich soll ein Fest vorbereiten? Ich bin ein Soldat und kein Mann fürs Feiern!" „Dann solltest du beginnen, dich auch mit solchen Dingen zu befassen. Du wirst das Fest vorbereiten!"

Davids Befehl war eindeutig. Sich ihm zu widersetzen, konnte viel Ärger bringen.

Mit grimmigem Gesicht, zornig wandte Adonija sich ab und ging hinaus.

David hatte mich sehr erstaunt, als er seinen Sohn Adonija, der ja in der Thronfolge als ältester lebender Bruder Salomons vor ihm und Absalom stand, mit der Ausrichtung des großen Festes beauftragt hatte!

Ausgerechnet Adonija, der sonst fast nie in Erscheinung getreten war, sollte diese wichtige Sache durchführen.

Sollte der sich besonders hervorheben durch diesen Auftrag, war David sicher von ihm als dem ältesten lebenden Sohn sehr angetan!

Ich würde David noch einmal auf meine Gedanken zur Thronfolge ansprechen!

„Jetzt aber möchte ich deine Leute für die wunderbare Arbeit bezahlen und extra belohnen, dann können sie froh gestimmt wieder nach Gadara zurückgehen!"

Bathseba und David

Papyrus 27

Absaloms Aufstand

Erzähler:

Wir gehen noch einmal zurück zum Jahr 985. Absalom erfuhr natürlich vom Zorn seines Vaters über den heimtückischen Mord an Amnon. David hätte ihn vernichten können, und deshalb floh er aus dem Lande. Sein Großvater, der König Talmai aus Geschuur, der Vater seiner Mutter, gewährte ihm Zuflucht. Hier blieb er drei Jahre lang.[36]
Durch den Mord am erstgeborenen Bruder Amnon und den nicht dokumentierten Tod des zweiten Sohnes Kileab in der Erbfolge hatten sich die Chancen auf die Königswürde deutlich in Richtung Absalom verbessert, es sei denn, sein Vater würde ihn verstoßen.
Absalom hielt seinen Vater für sehr schwach; er wollte für Israel einen starken, mächtigen König salben lassen: sich selbst.
In den drei Jahren in Geschuur schmiedete er Pläne, wie er an die Macht kommen könne, und sammelte Verbündete für seinen Plan; zunächst aber galt es abzuwarten, bis sich der Zorn des Königs wieder gelegt hatte.

Bathseba: Drei Jahre, bis zum Jahre 982, blieb Absalom in Geschuur, ohne dass wir im Palast etwas von ihm hörten.
Mein jüngster Sohn Nathan war inzwischen auch schon den Windeln entwachsen und begann, mit unbeholfenen, tapsigen Schritten im Palast und im Hof zu laufen.

---

36 2. Sam.13,23ff.

Bathseba und David

Tamar hatte, wie es David angeordnet hatte, einen Hofbeamten, den Schreiber Nabal, geheiratet und war inzwischen mit zwei Kindern gesegnet, wobei der Älteste nach meiner Meinung dem Amnon doch sehr ähnlich sah.

Sie besuchte mich sehr häufig und brachte dann immer auch den Jungen und das Mädchen mit, die zwei und meine Jungen kamen immer sehr gut miteinander zurecht. Auf mich machte sie jedoch noch immer einen bedrückten Eindruck, auch wenn sie mir ein ums andere Mal erklärte, sie sei dem Amnon nicht mehr gram, habe er doch durch ihren Bruder Absalom die gerechte Strafe bekommen...

Als Absalom sein Exil in Geschuur wieder verlassen hatte, weil sich der Zorn seines Vaters etwas gelegt hatte, ging er zurück nach Jerusalem, aber es sollte noch zwei lange Jahre dauern, bis er wieder mit dem König zusammentraf.

Davids 'alter' Feldherr Joab, der vor Jahren schon Urijas Kriegsherr war und der David den Sieg über Rabba ermöglicht hatte, war der Vermittler zwischen Vater und Sohn, König und Thronfolger.

Aus meiner Sicht war das natürlich nicht so gut, hatte ich doch gehofft, das sich meine Pläne für Salomon, der inzwischen schon elf Jahre alt geworden war, als neuem König gut entwickelten, aber damit war zunächst wohl noch nicht zu rechnen.

.

Mit seiner ganzen inzwischen auf viele Angehörige gewachsenen Familie durfte er wieder in den 'alten' Palast einziehen. Seine Frauen und die Kinder wurden freundlich von allen anderen Mitgliedern von Davids Familie aufgenommen, nur ihm selbst gegenüber blieb bei den meisten eine gewisse Zurückhaltung wegen des heimtückischen Brudermordes in Baal-Hazor, der sich damals natürlich im Palast damals sofort herumgesprochen hatte.

Die umfangreichen Baupläne Davids hatten natürlich dazu geführt, dass er seine Pflichten als König gegenüber Volk und Priestern zurückstellte. Die Bauleute wurden öfter als Priester oder Angehörige des Volkes vorgelassen, ich habe ja schon erzählt, dass die Menschen oftmals dann zu mir kamen, um Rat und Hilfe einzuholen …

In dieser Zeit überraschte mich Salomon mit seinen neuesten Gedanken. War er bisher vor allem daran interessiert, mit seinen Freunden die Abenteuer zu erleben, die Jungen gern mögen, wurde er jetzt so langsam erwachsen. Seine Stimme war tiefer geworden, und der erste Bartansatz zeigte sich in seinem Gesicht - so musste David in seiner Jugend ausgesehen haben.

Als wir einmal beieinander saßen, was selten genug war, überraschte er mich mit seiner neuesten Idee: „Bitte sag du meinem Vater, dass ich das Kriegshandwerk erlernen will! Meine Freunde haben keine Lust dazu, sie machen immer nur langweilige Sachen. Aber ich will vorbereitet sein, wenn ich einmal König werden sollte. Davon solltest du dem König aber natürlich nichts sagen, er könnte es falsch verstehen!"
Die verständigen Gedanken meines Sohnes überraschten mich sehr!
„Ich werde mit deinem Vater über deine 'Krieger-Pläne' sprechen, mein Sohn! Aber dränge mich bitte nicht!"

Das Kriegshandwerk erlernen! Ich war von dieser Überlegung des Jungen nicht gerade hellauf begeistert! Soldat sein wie mein Urija! Wie

Urija, den David in den Tod getrieben hat! Ich habe es nicht vergessen, ihn nicht vergessen! Aber nie werde ich darüber reden, zu niemandem, auch nicht zu Salomon!

Absalom, dem ich im Jahr 976 eines Tages im Hof vor der großen Halle begegnete, war wegen der Baumaßnahmen seines Vaters erbost: „Es kann nicht sein, dass mein Vater all diese Leute hier her holt, um einen neuen Palast und andere teure Häuser zu bauen, während er sich überhaupt nicht um sein Volk kümmert. Ich weiß, dass du sehr oft an seiner Statt versuchst, den Menschen zu helfen, und dass finde ich ja auch sehr gut; aber das ist SEINE Aufgabe, er muss sich um die Stadt und das Land und die Menschen kümmern! Ich bin wirklich zornig darüber! Einen so schwachen König hat Israel nicht verdient! Und das Schlimmste ist, die Priester im Zelt vor dem Palasteingang helfen ihm noch dabei, statt ihn an seine eigentlichen Aufgaben zu erinnern! Ich weiß nicht, wie das weitergehen soll!"
Er hatte sich richtig in Zorn geredet; leider hatte er völlig Recht, aber ich selbst kam mit diesen Dingen bei David auch nicht weiter. Er wollte unbedingt diesen Palast!

Bei den Worten Absaloms war mir ein - wenn auch vielleicht abwegiger - Gedanke gekommen: wie, wenn er David vom Thron stoßen und selbst König werden wollte? Dann waren meine Hoffnungen für Salomon endgültig wertlos! Einen Absalom konnte ich nicht beeinflussen, schon gar nicht, wenn er erst einmal König wäre - und mein Einfluss als Königin wäre dann auch vorbei! Da musste ich vorsorgen! Salomon musste sobald als möglich gesalbt werde; wann er sein Königtum antreten konnte, würde sich dann zeigen.

Mein Weg führte zu David, sobald es möglich war. Wie immer saß er mit Bauleuten in der Großen Halle.

„Darf ich dich um ein Gespräch bitten, mein König?" Diese Anrede hatte ich bewusst gewählt, um die Wichtigkeit meines Anliegens zu hervorzuheben.

„Warte einen kleinen Augenblick, wir sind hier gleich fertig!" entgegnete er mir, „einen ganz kleinen Augenblick!"

Tatsächlich beendete er recht schnell seine Gespräche in der Halle. „Was gibt es denn, dass du mich so ehrerbietig ansprichst?" „Herr", das war meine normale Anrede an ihn, wenn wir nicht gerade beieinander lagen, „Herr, es kann sein, dass wir große Schwierigkeiten bekommen! Ich habe gerade mit Absalom gesprochen, und ich fürchte, er plant einen Aufstand, plant, dich vom Thron zu stürzen und sich selbst zum König salben zu lassen! Er hat gesagt, du wärest ein schwacher König, den man durch einen starken Herrscher ersetzen müsse, und damit hat er sicherlich sich selbst gemeint!"

„Kann es sei, dass du die Grillen singen hörst? Niemals würde mein Sohn so etwas tun! Niemals! Du kannst ganz ruhig wieder zu meinen Söhnen gehen, alles ist in Ordnung, der Bau des Palastes wird planmäßig beginnen, die Bauarbeiter sind da, die Steine und das Holz, nur die Leuchter", und das sagte er mit einem Augenzwinkern, „nur die Leuchter lassen noch auf sich warten …!"

Er wollte die Gefahr, die ihm von Absalom drohte, einfach nicht sehen!

Absalom erbat von seinem Vater, mit dem er durch die Vermittlung von Davids altem Heerführer Joab (anscheinend) wieder versöhnt war, die

Bathseba und David

Erlaubnis zu einem Besuch in Hebron. Er war dort kaum angekommen, sandte er Boten in alle Stammesgebiete und warb für sich als neuen König, unter dem Recht und Ordnung endlich wieder in Israel herrschen sollte. Viele Anhänger gewann er auf diese Weise, und so kam die Zeit, in der er die Macht übernehmen konnte und wollte.

Insgeheim hatte sich Absalom schon von den den Priestern in Jerusalem zum König über das Nord- und das Südreich Israels salben lassen! Das Volk stand schon auf seiner Seite, selbst die Einwohner von Jerusalem; es gab hier jedoch trotz aller Vorbehalte keine offene Feindschaft gegenüber David.

Nur einen Mondwechsel später kam dann, was ich befürchtet hatte: Absalom hatte tausende Gefolgsleute hinter sich gebracht, die ihn als König sehen wollten, und diese Truppen zogen jetzt nach Jerusalem, um David zu stürzen!
Absaloms Streitmacht war gewaltig, und David hatte seine Soldaten, da gerade kein Krieg in den Ländern ringsum drohte, fast alle nach Hause geschickt!
Wir mussten fliehen, fliehen aus dem Palast, fliehen aus Jerusalem, fliehen mit allem, was wir besaßen!
Die noch aktiven Soldaten wurden zum Palast kommandiert, um unser Hab und Gut auf Eselskarren zu verladen, ich selbst bekam einen Esel als Reittier zugewiesen.

Wir zogen nach Osten, in die Gegend von Mahanjim am oberen Jabbok. Dort wurden wir vom Herrscher sehr freundlich aufgenommen.
Einige Zeit nach unserer Flucht, die der Stadt das Leid einer Eroberung

durch Absalom ersparte, hatte uns Absalom schon seine Soldaten nachgeschickt, um uns an der Überquerung des Jordan zu hindern. Die gelang uns jedoch trotzdem, das heißt unserer Familie und allen Gefolgsleuten, bei Nacht, und wir waren zunächst einmal in Sicherheit vor Absaloms Gefolgsleuten. Es war eine schlimme Zeit!

Nur wenige Tage später kam es zu dem entscheidenden Kampf zwischen den Männern Davids und den Männern Absaloms, in dessen Verlauf Absalom von Joab[37] im Wald von Efraim getötet wurde.
Die Nachricht vom Sieg über die Israeliten war für David eine gute Nachricht. Als auf seine Frage „Wie geht es Absalom?" aber die Nachricht von dessen Tod erhielt, brach er zusammen und weinte bitterlich; ich hatte keine Möglichkeit, ihn zu trösten …

Wir konnten nicht sofort nach Jerusalem zurückgehen, die Lage war noch wegen (oder trotz?) des Todes von Absalom zu verworren und für uns auch gefährlich; Absaloms Anhänger waren noch im Palast und in der Stadt, wie uns Boten berichteten.

In den Ältestenräten der Stämme Israels wurde über die neue Situation gesprochen, und man kam überein, dass David wegen der Verdienste, die er sich in der Vergangenheit erworben hatte[38], wieder als König nach Jerusalem zurückkehren sollte, und damit war für uns der Weg nach hause wieder frei.

Es gab noch viele Wirren im Lande, viele Männer fielen auch der Rache Davids zum Opfer, er verzieh seinen Feinden noch lange nicht, und viele

---
37 2. Sam. 18, 6 ff.
38 2. Sam. 19, 9b ff.

Bathseba und David

Männer mussten aus der Stadt fliehen. Diejenigen im Palast, die Absalom unterstützt hatten, wurden fast ausnahmslos vertrieben, wenn nicht sogar hingerichtet! Nur Mefi-Boschet hatte eine gute Ausrede für sein Verhalten während des Aufstandes: er hätte ja wegen seiner Behinderung nicht fliehen können! Manche, so auch er, das war meine Ansicht, die ich David auch sagte, hatten gedacht, den Tod Absaloms für sich nutzen zu können, um sich Vorteile zu verschaffen, aber David behielt ihn trotzdem im Palast.
Es war eine Zeit der Unsicherheiten und Unwägbarkeiten.

David, und wir mit ihm, kehrte wieder in den Palast zurück, und das alltägliche Leben kehrte so langsam wieder zurück. Aber durch die Flucht und Absaloms Tod hatte sich der König sehr verändert, dazu kam natürlich auch, dass er inzwischen schon 62 Jahre alt geworden war. Sein Haar, das vor kurzer Zeit noch hell war, war jetzt von silbrigen Strähnen durchzogen, sein Gang nicht mehr so schwungvoll wie vor der Flucht, seine Stimme weicher. Was mich aber vor allem betroffen machte: wenn er mich zu sich rief, sprach er über seine Bauvorhaben und sagte kaum noch einmal „wir wollen uns eine schöne Nacht machen!"
Und trotzdem liebte ich ihn, und es gab Stunden, wenn die Jungen nicht bei mir waren, in denen ich mich sehr nach ihm sehnte…

Salomon, der mir vor unserer Flucht gesagt hatte, er wolle das Kriegshandwerk erlernen, war durch all diese Ereignisse sehr nachdenklich geworden – aber irgendwann König werden: das wollte er trotzdem, und so ging er mit meinem und Davids Einverständnis in das Lager der Soldaten am Rande der Palastmauer und wurde einem der erfahrenen Truppenführer zugewiesen, damit er die 'Kunst' des Krieges erlernte. Als er diesen Schritt gegangen war, habe ich ihn nur noch sehr selten gesehen ...

Wir hatten uns im Palast wieder eingerichtet, waren wieder zuhause.

Mein Leben lief ebenfalls wieder in den gewohnten Bahnen, Sorge um meine 'Kleinen', um die ich mich bei unserer Flucht kaum hatte kümmern können, Essen bei David (leider immer noch häufig im Beisein von Mefi-Boschet), aber immer seltener Davids Worte 'wir wollen es uns schön machen'!

David wurde alt, so mein Empfinden! Absaloms Aufstand und dessen Tod hatten ihn in seinen Grundfesten erschüttert, und auch seine Gesundheit ließ zu wünschen übrig. Die kraftvolle Weise, in der er zuvor immer aufgetreten war, war entschwunden, statt dessen macht er immer häufiger einen traurigen, schwachen Eindruck.

Einige der Freundinnen, die wir bei unserer Flucht zurückgelassen hatten, fanden sich an den Nachmittagen bei mir in meiner kleinen Halle zusammen, wir erzählten, lachten, aßen von den süßen Kleinigkeiten, die Machian, wie zu Uriels Zeiten, immer noch ganz wunderbar herstellte; es waren sehr schöne Stunden. Manche der 'alten' Freundinnen kamen allerdings nicht mehr zu unseren Treffen. Ich habe einige von ihnen nach dem Grund gefragt, weshalb sie nicht mehr kämen. Die übereinstimmenden Antworten waren, dass während unserer Flucht die Jüngsten der Frauen von Absalom selbst und auch von einigen seiner Soldaten mit Gewalt genommen worden waren, und das nicht nur einmal. Jetzt wollten sie mit allen, die zu Hause Davids gehörten, nichts mehr zu tun zu haben. Nicht einmal die Tatsache, dass ich doch eine Frau sei, konnte sie umstimmen!

Papyrus 28

Die Volkszählung

Erzähler:

König David war wieder, es schien jedenfalls so, unumschränkter Herrscher in Israel. Der Palast war gebaut. Die Bundeslade befand sich jetzt in der neuen Stifthütte in Jerusalem. Es gab zur Zeit keine äußeren Feinde.

In dieser Situation beschloss er, eine Volkszählung durchführen zu lassen. Er wollte wissen, wie viele wehrfähige Männer in ganz Israel lebten, die notfalls als Soldaten zur Verfügung standen.

Die Priester, deren Oberster er ja jetzt eigentlich war, warnten ihn vor dieser Aktion: Gott hatte ihnen offenbart, dass er nicht wolle, dass das Volk gezählt wurde.

Fast schon natürlich setzte sich David über den durch die Priester offenbarten Willen seines Gottes hinweg.

Bathseba: „Ich bin der König, und auch der Oberste der Priester!"

Diese Worte Davids klangen mir in den Ohren, als ich Zeuge eines heftigen Streites zwischen seinen Priestern und dem König in der großen Halle des neuen Palastes wurde. „Wie wollt ihr den Willen unseres Gottes kennen, wenn ich euer Oberster Priester bin?! Und mir hat Gott nicht offenbart, dass er keine Volkszählung will! Geht wieder in die Stiftshütte und macht ordentlich euren Dienst, an statt mir eine angebliche Offenbarung Gottes vorzuhalten!"

Die Priester gingen murrend hinaus, so etwas hatten sie noch nicht erlebt. „Der König setzt sich über den Willen Gottes hinweg! Er erhebt sich über Gott selbst!"

Ich war ebenfalls völlig überrascht von dieser Behandlung der Priester durch David, auch ich hatte ihn in dieser Weise noch nicht erlebt, nicht einmal nach der Vergewaltigung seiner Lieblingstochter Tamar durch seinen Sohn Amnon!

„Bathseba!"

Lautstark verlangte er nach mir. „Setz dich zu mir!"

„Herr?"

„Du musst mir einen wichtigen Rat geben. Vielleicht hast du ja einen guten Gedanken zu meinem Problem."

„Ich werde es versuchen, mein König."

„Ich will Vertraute aussenden," begann er, „die mir berichten sollen, wie viele Männer, die ein Schwert tragen können, in den Stämmen leben. Nie wieder will ich mich so überlisten lassen, wie es Absalom gelungen war! Nie wieder soll sich jemand wider mich erheben können; meine Untergebenen sollen das verhindern. Und deshalb muss ich wissen, auf wie viele Männer ich zählen kann.

Die Priester behaupten, Gott wolle diese Zählung nicht. Ich denke, die Priester wollen es nicht, um mich schwach zu halten! Durch mein Amt als Oberster Priester habe ich ihnen ja eine Menge Macht und Einfluss weggenommen.

Was denkst du? Du hast mir doch schon so manchen guten Rat gegeben, und die Männer des Volkes vertrauen ebenfalls deinen Worten, wie ich gehört habe!"

„Herr, wie soll ich mich in dein Vorhaben einmischen? Wie kann ich als Weib es wagen, den Willen meines Herrn, meines Königs, meines Mannes zu beurteilen?

Die Priester, wenn sie denn wirklich eine Offenbarung eures Gottes hatten, wollen dir, so denke ich, nichts Böses!"

„Ach, Bathseba, manchmal ist es nicht leicht, König und auch Oberster Priester zu sein…! Ich will noch einmal meinen Gott dazu befragen!" Nachdenklich wies er mich aus der Halle, in der wir auf den weichen Polstern in einer durch Wandöffnungen von der Sonne beschienenen Ecke saßen. „Geh du nun !"

Er fragte nicht seinen Gott, ob er die Zählung durchführen lassen solle, sondern beauftragte seinen alten Vertrauten Joab, den Heerführer, mit der Durchführung. Der hatte zwar ebenfalls Bedenken, führte aber, wie es altgediente Soldaten nun einmal gewohnt sind, den Befehl aus.

Erst nachdem die Zählung beendet war, kam David in dieser Beziehung wieder zur Besinnung, er sah ein, dass diese Volkszählung, die ja eigentlich eine Männerzählung war, gegen Gottes Willen geschehen war, und versuchte, im Gebet Gottes Zorn darüber zu besänftigen.

Sein Gott aber war über Davids Ungehorsam sehr erzürnt, hatte der doch mehr auf Kämpfe und Siege statt auf die Kraft seines Gottes gesetzt.
Er schickte eine furchtbare Pestplage über das Land, der in nur drei Tagen 70.000 Menschen zum Opfer fielen; nur Jerusalem blieb verschont.
„Bathseba!"
Wieder einmal schrie, ja brüllte David wie ein Löwe meinen Namen durch die Halle, ein Schrei der Verzweiflung!

Bathseba und David

Zusammengesunken saß er auf den Kissen in der Halle des neuen Palastes.

„Bathseba! Sieh, was ich mit meinem Ungehorsam angerichtet habe. Wenn ich nicht am Platz der Tenne Arauna's gewesen und den Racheengel JAHWEs selbst gesehen hätte, wäre die Strafe noch viel härter ausgefallen! Was soll ich denn nur tun, um meinen Gott wieder zu versöhnen?"

Ich sah ihn lange an, meine Gedanken kreisten um den König und seine Verzweiflung. Ich sah, wie Tränen aus seinen müden Augen quollen, kraftlos, mutlos saß er vor mir.

„Warum habe ich nur nicht auf alle meine Ratgeber gehört? Warum musste ich unbedingt meinen Willen durchsetzen? Gott hätte besser mich strafen können als all die armen Menschen in meinem Volk! Das Volk wird mich hassen!" Kurz gesagt, er war verzweifelt!

„Mein König, das Volk wird dich auch wieder lieben, warte nur ein wenig. Du hast einen wunderschönen Palast, immerhin leben außer unseren Vieren noch zwei deiner Söhne, du hast deine Frauen – du wirst sehen, nur wenige Monde, und du hast auch wieder ein Volk, das dich liebt. Die Menschen sind wankelmütig und leicht zu beeinflussen – tue ihnen etwas Gutes. Erlass ihnen für eine kleine Zeit die Steuern, schenk ihnen ein wenig Vieh oder Brot, feiere nach einiger Zeit überall im Lande ein Fest zu Ehren eures Gottes, und du wirst sehen, alles wendet sich zum Guten!"

Nachdenklich betrachte er mich.

„Du magst Recht haben, meine Königin," an dieser Art zu reden spürte ich, dass er wieder etwas Mut fasste, „du magst Recht haben! Ich werde es so machen, wie du es vorgeschlagen hast, und gleich morgen die

nötigen Befehle geben. Jetzt aber..." Ich fiel ihm ins Wort, denn was er sagen wollte, kannte ich schon zur Genüge, „jetzt aber werde ich in meine Gemächer gehen, und du solltest dich ein wenig zur Ruhe begeben! Die letzte Zeit war für dich ja auch ziemlich anstrengend!"
Jetzt sah er mich völlig verwirrt an, wie damals, als ich mich ihm verweigerte!
„Dann geh!" Seine Stimme klang etwas verärgert.
Ich wollte mich gerade erheben, da hielt er mich zurück. „Komm noch einmal nahe zu mir, ich will deinen Körper spüren, deine Wärme, deine weiche Haut fühlen – niemand auf dieser Welt ist mir so lieb und wichtig wie du!"
Die Liebeserklärung, so ganz unverhofft, überraschte mich sehr, gerade in der augenblicklichen Lage, in der er sich befand.
Ich entsprach sehr gern seinem Wunsch. Er stand von seinem Lager in der Halle auf, umarmte mich, strich mir über die Wangen und das Haar.
„Meine Königin! Und jetzt geh!" Wer hat diesen Mann je so liebevoll gesehen ...

In meinen Gemächern setzte ich mich auf eine der Bänke und dachte über den heutigen Nachmittag, vor allem aber über David nach. Irgendetwas war mit ihm, das spürte ich, konnte es aber noch nicht für mich benennen ...

Bathseba und David

Papyrus 29

Davids schwere Zeit

Erzähler:

Der Eigensinn Davids mit der Volkszählung, die schrecklich Strafe Gottes, die Vernachlässigung der Angelegenheiten des Volkes zugunsten seiner vielfältigen Baupläne – alles hatte ihm gesundheitlich sehr zugesetzt. Die Bibel sagt, dass die Strafe Gottes, die Pest, beendet wurde, weil David dem Befehl von Gottes Engel folgte und hinaufging zu einem Platz, der Araunas Tenne genannt wurde[39]. An diesem Platz sollte, so der Wille Gottes, der Tempel entstehen[40].

Bathseba: Zunächst gewann David seine alte Schaffenskraft fast zurück, nachdem er den Gedanken an einen Tempel für den Herrn gefasst hatte.

„Wir wollen dem Herrn einen Tempel bauen, wie ihn die Welt noch nicht gesehen hat. Groß und prächtig soll er werden, Zedernholz aus dem Libanon, Marmor aus den Steinbrüchen Ägyptens, Gold aus Nubien.

Die Säulen sollen so hoch werden wie drei Palmen übereinander, das Allerheiligste hinter einem Vorhang aus Gold verborgen, der Opfertisch aus purem Gold – unserem Gott steht das Beste, das Schönste, das Großartigste zu, das Menschen bauen können!

Gott hat mir offenbart, das der Tempel auf dem Platz von Araunas Tenne erfolgen soll, und so soll es geschehen!"

---

39 1. Chr. 21,18-28
40 1. Chr. 22,1

Bathseba und David

Seine Schwärmerei überstieg alles, was ich von ihm bisher gehört hatte. „Wenn das nur gut geht" dachte ich bei mir, und „ob sein Gott das wirklich SO will?"

Meine Gedanken gingen bei Davids Plänen direkt zu meinem Ältesten, zu Salomon, der würde später einmal, davon war ich ganz fest überzeugt, mit dem Erbe seines Vaters umgehen müssen ...
Er hatte inzwischen schon viel von der Kriegskunst erlernt, so dass er schon an Wettkämpfen mit seinen Kameraden teilnehmen konnte, oftmals sogar als Sieger, in denen das Reiten, der Kampf mit dem Schwert und mit dem Dolch (was ich ganz schrecklich fand) und das Verfolgen und Niederwerfen eines Gegners geübt wurde, hervorging.
Nach solchen Tagen, wenn wieder einmal kämpfen angesagt war, kam er immer ganz stolz zu mir und zu seinem Vater, berichtete von seinen 'Heldentaten'.
Natürlich war der König stolz auf seinen Sohn, vor allem auch, wenn ihm von Joab berichtet wurde, dass Salomon der beste der jungen Kämpfer sei.

Salomons ältester noch lebender (Halb-)Bruder Adonija erfuhr natürlich auch von den großen Fortschritten, die Salomon bei den Soldaten machte; er mag, selber ja auch Soldat, seinen Bruder beobachtet haben. Dabei ist ihm vielleicht auch einmal der Gedanke gekommen, dass David den 'Kleinen' ihm bevorzugen und von den Priestern eines Tages zum König salben lassen könnte (wie es ja mein Plan war!).

In dieser Zeit war David krank geworden, krank an Leib und Seele. Er konnte kaum noch laufen, die Beine versagten ihm oftmals den Dienst, und die Schmerzen, gegen die die Priester keine Mittel wussten, wurden immer stärker.

Immer größer wurde auch seine Traurigkeit, es verging kein Tag, an dem ihm nicht zumindest einmal, wenn er an seine toten Söhne und an die Weissagung des Propheten dachte, die Tränen über die Wange liefen.

Soweit es mir möglich war, versuchte ich, ihm über die traurigen Stunden hinweg zu helfen, meist vergeblich. Auch half es ihm nicht, wenn ich ihm meinen Körper anbot, der immer noch, dank des nun schon so lange zurückliegenden Rates meine Freundin Rebekka, recht ansehnlich war; zu tief war seine Traurigkeit.

Meine Jungen, inzwischen ja auch schon ein wenig herangewachsen, konnten ihn auch nicht aufmuntern, nur Salomon, wenn er wieder einmal zum Palast kam, konnte ihn ein wenig aus seinen trüben Gedanken reißen. Aber sein Lachen, wenn die Jungen zu ihm kamen, war verschwunden, und das Musizieren, das er früher immer so gern gemacht hatte, kam nicht wieder.

David verbrachte die größte Zeit des Tages in seinem Gemach auf dem Lager, das ich so oft mit ihm geteilt hatte; eine bisschen Wehmut kam bei mir auf, wenn ich daran dachte.

Er wurde von den Dienern gut versorgt, und ich selbst war fast immer bei seinen Mahlzeiten zugegen, im Gegensatz zu Mefi-Boschat, der sich nur noch in seinen Räumen aufhielt und nicht mehr zu Tische kam; ich war darüber nicht böse …

Es dauerte nicht viele Monde, da klagte David, dass ihm so kalt sei, immer, Tag und Nacht. Ich bot ihm an, ihn mit meinem Körper ein wenig zu wärmen, aber das lehnte er ab: „Du warst immer für mich da, und wir hatten viel Freude aneinander. Jetzt sollst du mich in guter Erinnerung

behalten und nicht als jemanden, der nichts mehr für dich tun kann."
Seine Stimme zitterte, als er mein Ansinnen abschlug.
„Man soll mir ein anderes, ein junges Weib kaufen, das mich wärmen soll. Du aber kümmere dich um meine Söhne, um Adonija, Salomon und die anderen, die deinem Schoß entstammen. Ach ja, Adonija ist ja nicht unser Sohn, er ist ja noch von Haggith aus Hebron, der künftige König."

Über seine Worte war ich entsetzt! Hatte David schon mit den Priestern über Adonija gesprochen? War da hinter meinem Rücken etwas vereinbart worden, was meinen Plänen völlig entgegenlief?
Das musste ich unbedingt klären!

Adonija schien jedoch noch nichts von den Überlegungen seines Vaters zu wissen, der immer weiter in seine Traurigkeit verfiel. Jetzt, im Herbst des Jahres 972, hatten die Priester endlich ein Mädchen gefunden, dass dem alten König das Leben ein wenig versüßen sollte.
Abischag aus dem kleinen Dorf Schunem bei Jerusalem war die Auserwählte, die David, mein Mann, Herr und König, tatsächlich noch heiratete. Man kann sich vorstellen, wie begeistert ich davon war; andererseits: meine Nähe half ihm auch nicht.
Sie war eine sehr hübsche junge Frau, ungefähr so alt (oder jung?!), wie ich es damals bei meiner Heirat mit Urija war. Wir verstanden uns auf Anhieb sehr gut. Ihrer eigentliche Aufgabe, David in dem Sinne Freude zu bereiten, wie ich es immer getan hatte, konnte sie jedoch nicht nachkommen: David hatte plötzlich, nachdem Abischag im Hause war, keinerlei Interesse mehr an körperlicher Nähe zu einer Frau, auch nicht zu mir; aber er genoss sowohl ihre Nähe als auch meine Fürsorge. Immer noch empfand ich eine große Zuneigung zu dem Mann, der mich

zu seiner Königin gemacht hatte, wenn auch die Salbung durch die Priester nie erfolgt war.

Die Anwesenheit einer neuen 'Gespielin', wie Abischag von Adonija abfällig bezeichnet wurde, schien ihn sehr zu verunsichern. Er konnte Davids Verhalten in diesem Punkte nicht richtig einordnen: war sie nur im Palast, um ihm nette Dinge zu sagen, die Speisen zu bringen oder seine Hände zu halten, oder musste er dahinter einen für die angestrebte Königswürde missgünstigen Gedanken seines Vaters vermuten, den ich ihm eingeredet hatte? Er ahnte, so dachte ich, dass ich Salomon an seiner Stelle als König salben lassen wollte!

Wir trafen kurz nach dem Eintreffen von Abischag einmal in der Halle zusammen, als wir beide auf dem Weg zum König waren. Er würdigte mich keines Blickes, ging an mir vorbei in Richtung auf das Schlafgemach seines Vaters, wo ihn allerdings ein Diener am Eintreten hinderte: „Der König kann und will jetzt keinen Besuch empfangen!"

Adonija herrschte den Diener an: „Was denkst du, wer du bist? Wenn du mich nicht sofort einlässt, werde ich dich von der Palastwache einsperren lassen!"
Der Diener zuckte zusammen, wich aber keinen Schritt zur Seite. „Mein Herr hat mir befohlen, niemanden außer Bathseba und Abischag einzulassen, und so bitte ich dich, den Willen des Königs ebenfalls zu achten!"

Sehr viel Mut bewies der Diener in diesem Augenblick, denn Adonija führte sich wirklich auf, als sei er schon der Herrscher. „Warte, wenn ich König bin, werde ich dich hinrichten lassen!"

Wieder zuckte der Diener zusammen, wich dennoch keinen Schritt zurück.

Inzwischen hatte ich den Durchgang zu den Gemächern erreicht und versuchte, den Streit zwischen dem Untergebenen und dem Herrn zu schlichten: „Adonija, so halte dich doch etwas zurück! Wenn der König dich jetzt nicht sehen will, dann eben etwas später. Ich werde mit ihm reden!"

Adonijas Gesicht lief rot an vor Wut. „Weib, geh mir aus den Augen! Gerade DU willst meinetwegen mit ihm reden, gerade DU! Du allein bist schuld daran, dass mich der König noch nicht zu seinem Nachfolger ernannt hat, damit mich die Priester salben können! Du allein hinderst ihn daran, eine Entscheidung zu meinen Gunsten zu treffen!

Deine Söhne stehen in der Thronfolge hinter mir, begreife das doch endlich! ICH bin der künftige König in Israel!"

Voller Zorn stampfte er durch die Halle und rief noch irgendwelche unfreundlichen Worte, die ich aber glücklicherweise nicht verstehen konnte.

Eine wirklich unerfreuliche Angelegenheit, ich wollte doch keinen Streit mit Adonija! Aber er hatte natürlich recht mit seinen Anschuldigungen: ich wollte ihn nicht auf dem Königsthron sehen, das war der Platz für meinen Ältesten, meinen Salomon, und meine anderen Söhne sollten dann auch gut versorgt sein.

Adonija war etwa fünfzehn Jahre älter als Salomon, schon allein deshalb war er der rechtmäßige Nachfolger Davids, denn seine älteren Brüder lebten ja schon längst nicht mehr. Aber damit wollte ich mich nicht abfinden.

Wenn Adonija, der Krieger, König würde, begännen mit Sicherheit wieder die vielen Kriege mit den Nachbarvölkern, vielleicht sogar Kämpfe zwischen den Stämmen Israels. Salomon hingegen, der zwar auch sehr gut das Kriegshandwerk beherrschte, war von seinem ganzen Wesen her ein zurückhaltender, sanftmütiger, friedliebender, aber dennoch energischer Mann.

Seine Klugheit, trotz seiner jungen Jahre, war inzwischen stadtbekannt, die Menschen kamen häufig zu ihm um Rat, wie sie es zuvor auch mit mir gemacht hatten und noch machten, denn David konnte keine Gespräche mit Bittstellern, Ratsuchenden und Beschwerdeführern mehr führen, und für das Schlichten von Streitigkeiten war er ohnehin noch nie der richtige Mann gewesen, das hatte er gern mir überlassen und jetzt Salomon.
Adonija war aus derartigen Gründen, soweit ich wusste, noch nie von Männern des Volkes aus diesem Grunde angesprochen worden!
Ich ging also zu David hinein, nachdem Adonija davon gestürmt war.
Sein Anblick erschreckte mein Herz! Die Hand, die mich so gern und wunderbar berührt hatte, knöchern, mit steifen Fingern. Die Augen ganz tief in den Höhlen liegend, die Haut im Gesicht wie altes Laub. Der Körper schlaff, ohne jede Spannung!
Dieser einst so starke Mann, nicht einmal mehr ein Schatten seiner Selbst!
Abischag sah mich mit traurigen Augen an: „Er weigert sich, Speisen und Getränke zu sich zu nehmen, und dabei gebe ich mir doch so viel Mühe!"
„Komm einmal mit mir hinaus, Abischag! Wir müssen uns für David etwas einfallen lassen!"
„Hatte er denn früher an irgend etwas viel Freude?" fragte sie mich.
„Naja", ich konnte mir ein kleines Lachen nicht verkneifen, „Freude hatte

er immer wieder an und mit mir; aber die Zeiten sind ja nun endgültig vorbei!"

„Ja, leider! Ich kann ihm auf die Weise auch keine Freude verschaffen! Ich könnte ihn doch wärmen, er friert immer so sehr; aber er jagt mich immer fort, wenn ich das versuche!"

Ich dachte konzentriert nach.

„Es gibt noch etwas, das ihm stets viel Freude bereitet hat: seine Baupläne! Wir sollten unseren Sohn Salomon fragen, ob er die Pläne für den neuen Tempel mit ihm noch einmal durchsehen möchte! Davon haben beide und vielleicht auch wir etwas!"

„Ob er sich dazu aufraffen kann?" Abischag zweifelte an meinem Vorschlag, „ich kann es mir kaum vorstellen, er liegt doch immer nur da auf seinem Lager und grübelt vor sich hin!"

„Lass es uns versuchen. Noch heute werde ich Salomon um diesen Dienst für seinen Vater bitten!"

Am gleichen Abend ließ ich Salomon zu mir rufen; es war gar nicht leicht, ihn von seinen Kameraden zu trennen.

Etwas mürrisch begrüßte er mich. „Was gibt es denn Wichtiges, dass du aus dem Lager rufen lässt? Ist jemand gestorben?"

„Na, glücklicherweise nicht! Aber du musst deinem Vater helfen! Er liegt auf seinem Lager, redet und isst und trinkt kaum, wird immer schwächer, nicht einmal sein junges Weib kann ihn aufmuntern. Man könnte den Eindruck gewinnen, dass er sterben will!"

„Und was kann ich für ihn tun?"

„Nun, seine liebste Tätigkeit war doch immer, sich mit seinen Bauvorhaben zu beschäftigen; und zuletzt mit dem Tempel für den Gott

Israels. Wenn du dich mit den bisher schon vorbereiteten Plänen beschäftigen würdest, natürlich mit dem König gemeinsam: meinst du nicht auch, dass das seine Lebensgeister wieder wecken könnte?"
Salomon dachte nach, lange. „Hast du etwas zum Essen für mich? Ich habe ziemlichen Hunger, und danach werde ich mich mit den Tempelplänen beschäftigen, wie du vorgeschlagen hast".

Ich ließ ihm sofort vom alten Machian etwas zubereiten, und einige Diener wurden von Salomon beauftragt, die vielen Pergamente mit den Bauzeichnungen und Berechnungen für den Tempel in die große Halle zu bringen.

„Gut, Mutter, ich denke, das ist ein guter Vorschlag! Wenn ihn das nicht aufmuntert, kann ihm wohl niemand mehr helfen!
Ich werde jetzt zum Lager zurückgehen und meine Aufgaben an einen Kameraden übergeben, und morgen, bald nach dem Sonnenaufgang, bin ich zurück!"

Bathseba und David

Papyrus 30

Neuer Schwung

Erzähler:

Wir haben das Jahr 973 erreicht. Überall im Lande herrscht Frieden, die einstigen Bedrohungen aus dem Norden waren beendet, Israel und Juda waren unter David befriedet, selbst der Stamm Benjamin hatte inzwischen die Rolle Jerusalems als Hauptstadt für König und Gott akzeptiert.

Israel hatte mir allen Ländern rings umher Frieden geschlossen, selbst die Ägypter waren mit David befreundet.

In dieser Zeit war der Bau des großen, zentralen Heiligtums eine Aufgabe, der sich alle Stämme Israels und Judas annehmen konnten.

Bathseba: Die größten Schwierigkeiten in dieser Zeit waren in der Krankheit und Schwäche des Königs begründet, und genau hier wollten wir mit den Bauplänen versuchen, eine Änderung herbeizuführen.

Salomon hatte, wie ich schon erzählte, alle Papyri, die vielen Bögen mit den Skizzen, Einzelzeichnungen und Übersichtsblättern, alle Berechnungen in die Halle bringen lassen. Die Wichtigsten waren schon auf großen Tischen ausgebreitet, als ich am Abend nach dem Gespräch mit ihm die Halle betrat. Er war noch nicht gekommen, so dass ich mir alles in Ruhe ansehen konnte.

Es war schon erstaunlich, wie umfangreich und alle, auch die kleinsten Einzelheiten umfassenden Baupläne waren, als seien sie von göttlicher Hand entwickelt und aufgezeichnet worden. Es war wirklich unfassbar,

Bathseba und David

was David mit seinen Bauleuten dargestellt hatte!

Wenn ich die Skizzen, Notizen und Zeichnungen richtig verstand, wurde der Tempel noch viel, viel größer und schöner als unser Palast, und der war schon prächtig und groß.

Ich war noch ganz in meinen Betrachtungen versunken, als Abischag zu mir trat.

„Herrin", sprach sie mich an, „Herrin, der König hat eine sehr schlechte Nacht gehabt, ich habe die ganze Nacht bei ihm gewacht und ihm immer wieder die heiße Stirn gekühlt, aber das Fieber hat nicht nachgelassen; was kann, was soll ich denn jetzt tun?"

Die junge Frau war völlig verzweifelt.

„Lauf hinüber zu den Priestern, und bitte Selcha, zum König zu kommen, und sage ihm auch, wie es dem König in der letzten Nacht ergangen ist!"

„Das will ich sofort tun!" Mit diesen Worten lief sie schon davon.

Ich ging hinein zu David.

Er wälzte sich unruhig auf seinem Lager hin und her, unverständliche Worte murmelnd. Das einzige, was ich verstehen konnte, waren 'Salomon' und 'Tempel'. Wie konnte das sein? Hatte er eine Eingebung oder vielleicht sogar eine Offenbarung gehabt, die ihm unsere Überlegungen und Pläne mitgeteilt hatten? Wie auch immer, zunächst einmal musste das Fieber gesenkt werden, und da war der Priester Selcha genau der Richtige; er war schließlich heilkundig und hatte uns schon häufig geholfen bei den kleinen Gebrechen und Krankheiten des Alltags, und auch, wenn meine Jungen einmal nicht ganz gesund waren.

Er kam nach kurzer Zeit mit Abischag in Davids Gemach.

Der Priester war im gleichen Alter wie David, wirkte jedoch viel, viel älter als der König in seiner gesunden Zeit. Lange, graue Haare, ein gewaltiger Bart und eine tiefe energische Stimme waren die wesentlichen Merkmale dieses schon äußerlich beeindruckenden Mannes, der Tag für Tag, Jahr für Jahr seiner Pflicht im Namen seines Gottes nachkam.

„Ich habe in der Halle die vielen Pläne und Berechnungen gesehen", sprach er uns an, „was hat es damit auf sich?"

Wir erklärten ihm unsere Hoffnung, in David durch dieses sein so geliebtes Vorhaben die Lebensgeister wieder zu wecken.

„Ein guter Einfall," war seine Antwort, „sogar ein sehr guter Einfall!"

Gedankenverloren sah er sich noch einmal um, blickte zu Abischag, zu Salomon, der inzwischen gekommen war, und zu mir.

„Geht ihr nun hinaus", sagte er bestimmend zu uns, „ich will mit dem König allein sein!"

Was in den folgenden Stunden dort geschah, habe ich, haben wir nie erfahren. Am späten Nachmittag ging der Priester wieder, um jedoch in den nächsten Tagen immer wieder zu kommen, den König von seiner Traurigkeit zu heilen.

In dieser Zeit konnten wir sehen, dass sich Davids Zustand stetig verbesserte. Er erhob sich von seinem Lager, aß und trank, wenn zunächst auch wenig, und nahm an vielem Anteil. Die Tempelpläne in der Halle sah er wieder und wieder an, und er beachtete uns wieder. Abischag durfte ihn sogar am Ende dieser Zeit einmal wärmen, allerdings, wie sie mir einmal erzählte, ohne dass er sie als Frau nahm ...

Nach ungefähr zwei Mondwechseln sagte Selcha zu uns: „Der Herr hat dem König verziehen und ihm geholfen. Ich werde nicht mehr benötigt. Aber irgendwann kommt die Krankheit wieder, und dann kann auch ich nichts mehr für ihn tun!"

Bathseba und David

Es dauerte danach nicht lange, als David mit lauter, kräftiger Stimme nach Abischag rief: „Komm zu mir, junges Weib! Ich habe großen Hunger, und ein Becher Wein würde mir auch gefallen! Los, hole zu essen und zu trinken, und meine Königin soll sofort zu mir kommen, zusammen mit Salomon!"

Erstaunt, aufgeregt, voller Freude fielen wir uns in die Arme, ungläubig über das, was wir gerade gehört hatten.
„Lauf, Abischag, lauf und hole das Gewünschte, ich gehe derweil zum König!"
„Salomon", rief ich meinem Sohn zu, der sich mit den Berechnungen beschäftigte „Salomon, du sollst auch mitkommen, er hat nach uns verlangt!"

Als Salomon und ich den Raum betraten, glaubten wir unseren Augen nicht zu trauen:
David saß auf seinem Lager, lächelte uns an, bedeutete uns, dass wir uns auf die Kissen setzen sollten, die auf den Bänken lagen. Sein Blick war wieder völlig frei und klar, wie in seinen besten Tagen, die Körperhaltung aufrecht und gespannt, sein Gesicht deutlich glatter als in der ganzen Zeit zuvor.
Ein Wunder war geschehen! Mein Sohn und ich konnten es kaum fassen, dass eine solche Veränderung mit dem doch zuvor so schwer kranken Mann vorgegangen war. Es musste wirklich ein Wunder geschehen sein, denn anders war diese Veränderung nicht zu erklären!

Salomon und ich saßen stumm und erwartungsvoll auf den Kissen, wie er

Bathseba und David

es wollte.

„Hört mir zu, mein Sohn, meine Königin", hob er mit fester Stimme an, zu sprechen, „hört mir genau zu! Noch vor wenigen Tagen lag ich krank und des Lebens müde auf meinem Lager. Aber der Priester Selcha hat mit mir zu unserem Gott gebetet, und Gott hat mich aus meiner Traurigkeit erlöst. Jetzt darf ich wieder ich sein, ich, David, König von Juda und Israel. Und Gott hat mir einen Auftrag gegeben: baue mir ein Haus, wie ich dir auch ein Haus gebaut habe."[41]

Der König hielt inne; trotz des Wunders, das an ihm geschehen war, musste er sich für eine kurze Zeit auf sein Lager legen, die plötzliche Anstrengung war eigentlich noch viel zu viel für ihn.

In der Zeit, in der David ruhte, kam Abischag mit Speisen und Getränken herein. Sie stellte alles auf den kleinen Tisch zwischen Davids Lager und der Bank, auf der Salomon und ich saßen, und sah uns erwartungsvoll an.

Dann ging sie zu David an sein Lager, nahm vorsichtig, ja liebevoll und zärtlich seine Hand: „Mein König, mein Herr! Ich bin so froh und glücklich, dass du wieder gesund bist!"

„Junges Weib," war schon wieder seine Anrede, „du hast mich sehr gut umsorgt, als ich krank war, hast mir Speisen und Getränke gebracht, versucht, mich in meiner Kälte zu wärmen. Ich will dir dafür danken.

Holt die Priester," wandte er sich an Salomon und mich und die anderen umstehenden, „ich will dieses junge Weib jetzt heiraten; denn wenn ich einmal nicht mehr bin, soll sie im Palast leben wie alle meine Frauen und nicht wieder in ihr Dorf Schunem zurückgeschickt werden dürfen. Holt die Priester!"

---

41 2.Sam. 7,11

Bathseba und David

Erstaunt sahen wir uns an. David noch einmal heiraten?
Nun, des Königs Wunsch war Befehl, zwei Priester kamen und vollzogen eine kurze Hochzeits-Zeremonie, gingen wieder.
Abischag wurde zu diesem Thema überhaupt nicht gefragt, aber sie machte einen sehr glücklichen Eindruck.
„Herr," hob sie an, „darf ich dich denn nun immer wärmen?" Mit viel Wärme und Zuneigung in der Stimme fragte sie. Natürlich war sie etwas unsicher, weil David sie schon so häufig zurückgewiesen hatte.
„Das werden wir sehen, du weißt doch um meine Schwächen, hast es in der Krankheit selbst erlebt. Du wirst sehen, irgendwann wird ein guter Mann kommen, der sich an dir erfreuen kann und den du wärmen kannst!"
Damit war das Thema „Heirat" für David erledigt.

„Mein Sohn, wir wollen uns jetzt mit den Plänen für den Tempel des Herrn beschäftigen. Lass uns in die Halle gehen!"
Die beiden Männer gingen hinüber zu den vielen Plänen und Berechnungen; schnell waren sie in Gespräche über Einzelheiten vertieft.
„Du wirst diesen Tempel bauen! Gott hat mir offenbart, dass nicht ich ihn vollenden werde, sondern mein Nachfolger. Aber das Haus ist nicht von uns für Gott, sondern von Gott für uns!
Deshalb hat ER mir vor meiner Krankheit alle Pläne eingegeben, die du hier siehst. Bau du dem Herrn dieses Haus nach seinen eigenen Plänen!
Dieser Tempel, so wurde mir offenbart, ist der ewige Grund für alle Geschlechter, die auf uns folgen werden!"
Wir Frauen und auch die Diener waren den beiden Männern in die Halle gefolgt und vernahmen mit großem Erstaunen Davids Worte.
„Du, mein Sohn Salomon, wirst dieses Haus vollenden!"

Bathseba und David

Papyrus 31

Adonija

Erzähler:

Die Genesung des Königs, der Auftrag an Salomon zum Bau des Tempels und seine Benennung als Nachfolger Davids, wenn auch noch nicht ganz öffentlich: alle diese Nachrichten machten natürlich sehr schnell die Runde im Palast, sogar in der Stadt.

Auch der rechtmäßige Thronfolger Adonija erfuhr davon und sann auf Rache an Salomon und seinem Vater. Er sammelte ein kleines Heer[42], um diese Entscheidung rückgängig machen und sich selbst von David als künftigen König auswählen zu lassen.

Bathseba: Adonija war entsetzt!

Wir begegneten einander wieder einmal im Innenhof des Palastes. Er sah mich feindselig an: „Wenn du glaubst, gewonnen zu haben mit deinen Plänen für Salomon, hast du dich geirrt! Ich werde für meinen Anspruch auf den Thron kämpfen, und wenn das das letzte ist, was ich in meinem Leben tue. Salomon wird NIE König werden, dafür sorge ich!"

Mit diesen Worten verließ er den Palast, um in die Stadt zu gehen; ich wusste: seine Worte sollten David, Salomon und ich sehr ernst nehmen!

Schon nach einem Mondwechsel hörten wir wieder von Adonija, leider nichts Gutes.

Die meisten der Söhne Davids von den Nebenfrauen und viele der

---

42 1.Kön. 1, 5ff.

Bathseba und David

Priester hatten sich zusammengefunden, um Adonija zum König zu salben! Er sammelte eine Streitmacht aus Streitwagen mit kampferprobten Besatzungen, der alte Feldherr Joab und der Priester Abjatar unterstützten ihn.

Am Stein Sohelet bei der Rogel-Quelle versammelten sich die Königssöhne[43] und viele Männer von Juda, die eigentlich in Davids Diensten standen (hier zeigte sich wieder einmal die alte Feindschaft zwischen Israel und Juda); sie opferten viele Stiere und Schafe; dann salbten sie Adonija zum König.

Ich hörte davon, weil der alte Prophet Nathan zu mir kam und mir davon berichtete. Sofort ließ ich Salomon zu mir rufen, und gemeinsam gingen wir zu David, der Prophet begleitete uns.

„Dein Sohn Adonija hat sich zum König salben lassen, um einmal deine Nachfolge anzutreten! Du hast mir versprochen, Salomon zum König zu salben. Wenn du das nicht jetzt tust, wird Adonija König sein und Salomon vernichten!"

Mit diesen Worten begrüßte ich, völlig ungehörig in meinem Vorgehen, den König, den Vater meiner Söhne.

„Er will dir damit zuvorkommen und Salomon als König verhindern! Du musst sofort Salomon ganz offen, vor allem Volk, salben lassen, der Priester Zadok wird das tun; Nathan hat schon mit ihm gesprochen! Und Adonija muss zurückgewiesen werden!"

David war über die schlechten Nachrichten sehr erschrocken.

„Woher habt ihr euer Wissen?"

„Männer, die dabei waren, haben mir davon berichtet, und der Rauch

---

43 Jibhar, Elischama, Eliphelet, Nogath, Nepheg, Japhia, Elischama, Eljada, Eliphelet, alles Söhne Davids von Nebenfrauen

vom Brandopfer zog über die ganze untere Stadt, man konnte es sehen und riechen!" antwortete der Prophet an meiner statt. „Du musst wirklich sofort etwas unternehmen!"

David stützte seinen Kopf in beide Hände, dachte nach, hob den Kopf: „Holt sofort Zadok und die anderen oberen Priester. Meine Diener sollen Opfertiere kaufen, so viele, wie sie Jerusalem noch nicht gesehen hat, und dann holt mir Abjatar und Joab! Und das Volk soll in den Palast kommen, was jetzt geschieht, soll allen Menschen in der Stadt und allen Ländern bekannt werden!"

Die beiden genannten waren sehr schnell zur Stelle, wollten ohnehin zum König, um sich für die Wahl Adonijas zum Nachfolger zu bedanken: „Du hast mit Adonija eine gute Wahl getroffen, Herr!"
„Ihr habt mich hintergangen!", brüllte er sie an, „ich habe noch nicht dem Volk und den Priestern gesagt, wen ich zum Nachfolger bestimmt habe! Adonija hat ohne mein Wissen gehandelt, und ihr habt den Falschen gesalbt! Nicht Adonija, sondern mein jüngster Sohn Salomon, so wurde mir offenbart, wird einmal König sein, wenn ich gestorben bin!"

Abjatar und Joab standen wie versteinert. Damit hatten sie nicht gerechnet, hatte sie doch Adonija überzeugt, dass er der rechtmäßige Nachfolger sei.
„Geht jetzt, ich werde später über euch und meinen ältesten Sohn richten!"

Die endgültige Entscheidung zugunsten meines Salomon ließ mich zu Boden sinken vor Freude und Dankbarkeit. „Herr, mein König, mein geliebter Mann, Vater deiner Söhne mit mir! Wie soll ich dir nur danken! Du hast dein Versprechen war gemacht; Salomon wird König!"

„Steh auf, meine Königin, steh auf!" David reichte mir die Hand; eine Geste, die ich bei ihm noch nie erlebt hatte.

Dann wandte er sich zu Salomon.
„Du wirst der künftige König über Israel und Juda! Knie nieder, mein Sohn!" Er legte ihm die Hand auf den Kopf. „Unser Gott hat dich auserwählt als künftigen König.!"
„Zadok! Komm und salbe ihn, wie es Brauch ist! Wann er gekrönt wird, wird Gott uns rechtzeitig offenbaren!"

Zadok, oberster Priester in Jerusalem nach David, kam herbei, in der linken Hand ein Salbgefäß mit kostbarem Öl, in der Rechten einen Palmenzweig, den er schon beim Weg in den Palast gebrochen hatte. Er goss ein wenig von dem Öl auf Salomons Kopf, verrieb es ein wenig, dann bedeckte er den Kopf meines Ältesten mit dem Grün des Palmzweiges.

„Ich salbe dich heute im Beisein des Königs und der Königin, der Priester aus dem Heiligtum unseres Gottes und den hier anwesenden Männern und Frauen aus dem Volk zum Auserwählten des Herrn! Alle hier Anwesenden sollen Zeugen sein, dass du gesalbt wurdest!"
Dann kniete er neben Salomon nieder und wir anderen, die wir uns in der großen Halle versammelt hatten, taten es ebenso.

Mein Herz schlug so stark vor Aufregung, dass ich meinte, die Menschen um mich herum könnten es hören und sehen. Salomon, mein Ältester, wurde zum König gesalbt, wie ich es über so viele Jahre gehofft und angestrebt hatte! Ich war am Ziel! Stolz erfüllte mein Denken!

Zadok hob an zu Beten: „Gott, der du Israel aus der Knechtschaft in Ägypten in unser gelobtes Land geführt hast, der du unsere Feinde im Lande und in anderen Ländern besiegt hast, der du dein Volk so sehr liebst: Gib diesem Gesalbten die Ehrfurcht vor dir, die Treue zu deinen Gesetzen, die Liebe zu deinem Volk und ein Herz für die Menschen. Verleihe ihm den Mut eines Löwen, die Kraft eines Stieres und die List einer Schlange im Kampf gegen seine Feinde. Er soll deinen Tempel bauen, wie sein Vater es begonnen hat mit deinen Plänen, und es soll kein Tag vergehen, an dem er nicht deiner gedenkt!"
Mit diesem Worten nahm Zadok den Palmwedel wieder von Salomons Haupt, stand auf und hieß David, zu seinem Sohn zu sprechen.
Wir alle erhoben uns, Jubelrufe brandeten auf „Hoch lebe Salomon, der künftige König!" Niemand in der Halle war wohl unbeeindruckt, aber niemand war, so denke ich, stolzer als ich.
Tawananna!
Bat Schewa!
Und Mutter des künftigen Königs!

„Vieles hat sich in den letzten Monden ereignet: dein Bruder Adonija hat versucht, dir das Königtum streitig zu machen, und ich lag darnieder und bin genesen, um dich, Salomon, mein geliebter Sohn, zu meinem Nachfolger salben zu lassen. Aber deine Mutter hat ihr Leben lang für diesen Augenblick gekämpft, in dem ich dich zum König auswähle.
Ich habe dich ausgewählt, weil unser Gott dich ausgewählt hat! Du wirst

Bathseba und David

nach meinem Tod der neue König in Israel!

Wir wollen jetzt gemeinsam den großen Plan unseres Gottes, einen Tempel zu bauen[44], beginnen. Du und ich – wir werden etwas Großartiges schaffen. Komm zu mir, mein Sohn, lass dich umarmen!"

David ging auf Salomon zu, umarmte ihn, küsste ihn auf beide Wangen; Tränen der Freude liefen ihm über die Wangen.

„Und jetzt wollen wir ein großes Fest feiern! Diener, bereitet alles vor. Wein und gute Speisen, Musikanten und Tänzerinnen sollen unsere Herzen erfreuen. Heute ist ein wunderbarer Tag!"

Nur ein Mensch im Palast war unglücklich, er kam auch nicht auf das Fest: Adonija.

---

[44] 1.Chr. 28, 11ff.

Bathseba und David

Papyrus 32

Veränderungen

Erzähler:

Nur wenige Wochen nach der endgültigen Entscheidung Davids, Salomon zum König zu wählen[45], wurde er erneut aufs Lager geworfen. Seine Krankheit war, wie von Selcha vorhergesagt, zurückgekommen.

Die Kosten für den geplanten Tempel waren immens, aber David hatte vorgesorgt, und in einer großen Versammlung haben sich die wichtigen und mächtigen Männer im Lande zu einer riesigen Spendensammlung zusammengefunden[46].

Bathseba: Mit dem Schritt Davids, Salomon zu salben, hatte niemand im Lande und im Palast gerechnet. Ich konnte mich vor Freude und Stolz kaum fassen!

Meine treue Dienerin Saphira hat diese Freude mit mir geteilt: „Ach, Herrin, ich bin so glücklich, dass du dein großes Ziel erreicht hast! Und dereinst, wenn unser, nein, natürlich dein Salomon einmal König sein wird, werden wir hoffentlich auch noch gute Zeiten haben; manchmal fürchte ich mich allerdings davor, dich irgendwann zu verlassen!"

„Saphira! Was redest du da für wirre Sachen? Du, mich verlassen? Das kommt überhaupt nicht in Frage, dein Platz ist hier in meinem Hause!"

„Herrin, so meine ich das auch nicht, aber mein Herz schmerzt so oft, wenn ich meine Arbeiten mache, dass ich kaum atmen kann, und das Gehen fällt mir auch immer schwerer. Du hast sicher schon bemerkt, wie

---

45 1.Chr. 28, 4-7
46 1. Chr. 29, 1-6

langsam ich geworden bin. Bald werde ich dir nicht mehr dienen können!"
„Du machst mir Angst, Saphira! Bist du krank? Soll ich den Priester Selcha kommen lassen, damit er dich einmal untersucht?"
„Nein, lass nur, das hilft mir nicht. Weißt du, Herrin, und das wollte ich dir schon immer einmal sagen: du bist keine Herrin für mich, du bist eine liebe Freundin! In all den vielen Jahren, die ich nun schon bei dir bin, hatte ich niemals einen Grund zum Klagen, und manchmal konnte ich dir ja sogar einen Rat geben. Es war eine gute Zeit in deinem Hause. Dennoch: bald werde ich gehen!"
Ihre Worte erschreckten mich in meinem Innersten.
„Du solltest dich jetzt einmal ausruhen, und für die nächsten Tage werde ich Sigalit bitten, mir zur Hand zu gehen. Du ruhst dich aus!"

Saphira zog sich, langsam und zögerlich gehend, als wolle sie mein Gemach eigentlich gar nicht verlassen, in ihren Raum zurück, und ich rief nach Sigalit, einer jungen Dienerin, die aber auch schon fast ein Jahr in meinem Hause war.
„Saphira ist krank, du wirst sie vertreten, bis sie wieder gesund ist."
„Ja, gern, Herrin! Soll ich jetzt erst einmal zu ihr sehen und sie fragen, was jetzt zu tun ist? Ich kann ihr auch einen gesunden Tee zubereiten und mitnehmen!"
„Gern, tu das. Und frage sie, ob sie etwas wünscht!"

Sigalit ging zu Machian in unsere eigene Küche, wo dieser wunderbare Diener schon dabei war, für mich etwas besonderes zuzubereiten: Hühnchen in einem wundervollen Kräuterbett, dazu geröstete Kastanien und frisches Gemüse. Seine Kochkunst hatte in all den vielen Jahren nicht nachgelassen, im Gegenteil, er war noch besser geworden!

Mit dem Tee in einer kleinen Kanne in der Hand betrat sie den Raum von Saphira.
Die lag mit bleichem Gesicht auf ihrem Lager, die Augen weit geöffnet, die Hände auf der Brust liegend. Sie war tot!
Schreiend lief Sigalit hinaus, kam zu mir: „Saphira ist gestorben! Saphira ist tot! Sie liegt auf ihrem Lager! Komm schnell mit!"
Wir liefen zusammen in Saphiras Zimmer, traten an ihr Bett. Sie war wirklich von uns gegangen!

Mit der Hand strich ich ihr von der Stirn aus über die Augen, wie ich es vor vielen Jahren schon einmal tun musste hatte, als Alidja gestorben war; inzwischen war mir der Tod kein fremder Geselle mehr, zu viele Menschen in meiner Nähe waren ermordet worden oder gestorben.

Wir gingen zurück in mein Gemach, setzten uns betroffen und nachdenklich auf eine Bank, an Essen war natürlich nicht mehr zu denken!
„Und nun?" fragte Sigalit. „Nun wirst du ihre Aufgaben übernehmen, und ich denke, das wirst du gut machen, ich vertraue dir!" „Danke," war ihre Antwort. Sie sah mich mit ihren großen braunen Augen an, in denen noch einige Tränen zu sehen waren, „ich werden mir große Mühe geben; du kannst mir wirklich vertrauen!"
„Jetzt müssen wir uns um die Beisetzung von Saphira kümmern; gehst du zu den Priester und bittest Selcha zu mir, er möge mich am Abend aufsuchen."
Sie ging sofort, und ich machte mich auf den Weg zu David, um ihm von Saphira Tod zu berichten.

Bathseba und David

Der König beugte sich gerade mit Salomon über die ausgebreiteten Pläne in der Halle, und ich konnte von David die Worte hören „Über die Kosten brauchen wir uns keine Gedanken machen, ich habe soviel Gold liegen, davon kann alles bezahlt werden, und die Stämme werden auch noch zum Bau beitragen!" Salomon sah ihn bei diesen Worten an und nickte.

„Die Königin ist gekommen, Vater!"
Die beiden Männer unterbrachen die Besprechung der weiteren Einzelheiten und wandten sich mir zu: "Was führt dich zu uns, meine Königin?"
Wie selbstverständlich bezog er Salomon in seine Frage ein, Salomon, den künftigen König.
„Saphira ist gestorben, ganz überraschend. Könntest du die Diener beauftragen, ihr eine angemessene Bestattung zu bereiten? Sie war mir sehr lieb, wie du weißt, und opfern will ich für sie auch nach eurem Brauch, deshalb habe ich Selcha schon zu mir bestellt ..."
„Das ist sehr traurig für dich, aber du siehst ja, ich bin sehr beschäftigt, und der Tod ist für mich zur Zeit unwichtig.
Aber vielleicht kann sich dein Sohn Schimea darum kümmern? Er hält sich doch ohnehin andauernd bei den Priestern auf, wie mir gesagt wurde!"
Ich war sehr erstaunt, dass David mir meinen Wunsch nicht selbst erfüllen wollte, andererseits: vielleicht war das für Schimea eine gute Aufgabe, wenn er denn wirklich Priester werden wollte!
Unser Zweitältester war inzwischen ja auch schon fast 18 Jahre alt und damit schon in heiratsfähigem Alter, wie David immer zu sagen pflegte,

und die Priester fanden ihn sehr anstellig, wissbegierig und klug.
„Gut", dachte ich bei mir, „dann soll es der Junge richten. Saphira hätte sicher nichts dagegen gehabt, sie hatte ihn immer sehr gern, und als er klein war, spielte sie immer mit ihm".

Ich ließ ihn holen. „Mein Sohn," begann ich meine Bitte an ihn, „ dein Vater und ich haben beschlossen, dass du die Beisetzung unserer lieben Saphira regeln sollst. Vielleicht hast du ja einen Freund bei den Priestern, der dir dabei helfen kann?!"
Schimea war sehr erstaunt. „Eine solch wichtige Aufgabe wollt ihr mir übertragen? Sicher kann ich das, wenn auch vielleicht mit Hilfe, aber ich mochte Saphira sehr gern und will das gern für sie tun!"

Die Beisetzung von Saphira, unserer verstorbenen Dienerin, erfolgte so, wie es ihr Glaube vorgab, und Schimea führte seine Handlungen sehr genau und ordentlich aus, und seine Gebete gingen mir sehr zu Herzen. Auch dieser meiner Söhne machte mir viel Freude!

Alle, die Saphira gekannt hatten, haben auf dem Totenacker von ihr Abschied genommen. Schimea hat die vorgeschriebenen Worte gesprochen, und ich habe auch noch etwas sagen können, bevor mir die Stimme versagte. Die Tote war mir eine wirklich gute Freundin geworden, und jetzt ... Meine Tränen konnte ich nicht zurückhalten, obwohl es der Königin nicht geziemt, wegen einer Dienerin zu weinen!

Wieder im Palast zurück, sprach mich mein alter Machian an: „Herrin, ich muss unbedingt mit dir sprechen."
„Da gibt es keine Schwierigkeit, mein lieber Machian, rede du nur!" war

meine Antwort.

„Herrin, ich weiß nicht, ob du im Verlaufe der vielen Jahre, in denen Saphira", und bei diesen Worten quollen ein paar Tränen aus seinen Augen, „ob du im Verlaufe der Zeit mitbekommen hast, dass sie und ich", seine Stimme stockte, „das wir uns sehr, sehr gern hatten, nein, liebten! Wir konnten es dir ja nicht sagen, es wäre gegen die Regeln gewesen! Jetzt aber, da meine große Liebe gestorben ist, kann ich hier im Palast als dein Diener nicht mehr leben. Bitte lass mich frei!"

„Da bin ich jetzt aber sprachlos!" war meine Antwort an ihn, „was soll ich denn ohne dich machen? Wer steckt dann am Abend die Lampen auf, wer kocht für mich die besonderen Speisen mit den auserlesenen Gewürzen, wer handelt in der Stadt mit den Händlern für mich, wenn ich etwas benötige?"

„Herrin, ich weiß das alles, aber ich kann dir dabei auch nicht raten. Ich kann jedoch hier im Palast ohne Saphira nicht sein, gerade du wirst es verstehen!"

Er spielte auf den Tod von Urija an, schien mir.

„Ich werde darüber nachdenken, und auch mit dem König sprechen. Komm morgen gegen Mittag zu mir, dann teile ich dir meine Entscheidung mit!"

Traurig ging Machian davon, er hatte wohl gehofft, dass ich sofort zustimmen würde …

Ich besprach die Angelegenheit mit David, und er stimmte zu. „Wie viele Jahre hat er dir gedient?"

„Es mögen wohl mehr als zwanzig Winter und Sommer gewesen sein", entgegnete ich. „Dann gib ihn frei, er hat wirklich seine Pflicht erfüllt! Und für jedes seiner Jahre bei dir solltest du ihm ein Goldstück zahlen, damit er in der Stadt leben oder auch wieder in seine Heimat gehen kann und nicht zum Bettler wird!"

Ich war erstaunt über Davids Großzügigkeit auch gegenüber diesem, meinem alten Diener!

Am nächsten Tag gegen Mittag kam Machian wie verabredet zu mir.

„Herrin, wie hast du entschieden?"

„Gegen mein Herz, aber für dich! Du kannst gehen, und für die lange Zeit, die du mir treu ergeben warst, will ich dir noch einen Extralohn geben".

David nahm an all diesen Vorgängen kaum Anteil, er war zu sehr mit seinen Plänen beschäftigt.

Salomon wurde von ihm immer wieder mit ganz wichtigen Aufgaben betraut, so musste er zum Beispiel die Bauleute, die König Hiram bereitstellte, den Transport der Zedernstämme aus Libanon und auch des Marmors aus den Steinbrüchen beaufsichtigen, oftmals sogar anordnen, wie und in welcher Reihenfolge die Arbeiten erfolgen mussten. Ich muss sagen, er machte seine Sache sehr, sehr gut!

Im Winter diesen Jahres warf es David wieder in seine Traurigkeit, und dazu kam noch eine Körperschwäche, die wir alle so nicht erwartet hatten.

Sofort war wieder der Priester Selcha zur Stelle, aber, wie er schon beim ersten Auftreten von Davids Krankheit gesagt hatte: Hilfe war nicht möglich.

Abischag und ich bemühten uns um ihn, soweit wir es konnten, aber fast alles vergebens. David fror, obwohl wir ihn in warme Decken hüllten, er mochte erneut weder essen noch trinken, selbst ein guter Wein von den Hängen des Libanon konnte ihn nicht erfreuen.

„Junges Weib", mich sprach er kaum noch an, „lass ein wärmendes Feuer an mein Lager stellen, mich friert so sehr!"

„Herr, das will ich gern tun. Aber soll ich dich nicht mit meinem Leib wärmen?"

Ärgerlich kam die Antwort auf dieses doch liebevolle Angebot: „Bist du ein Korb mit glühenden Holzkohlen? Ich will ein Feuer an meinem Bett, kein Weib darinnen!"

So ging der Winter vorüber, Davids Zustand wurde nicht besser. Das Frühjahr kam mit seiner wärmenden Sonne, und wir erfreuten uns an ihren Strahlen, nur der König blieb meist in seinem Gemach, betreut von Abischag; eine sehr schwere Aufgabe!

Machian hatte mich noch vor Ende des Winters verlassen:

„Herrin, ich danke dir für alles Gute, das ich in der langen Zeit bei dir erleben durfte, und für deinen so reichlichen Lohn finde ich keine Worte. Jetzt kann ich wieder zurückgehen in das Land meiner Väter, nach Ammon. Ich werde nicht betteln müssen, wie so viele andere Freigelassene, sondern werde mit den Goldstücken von dir mein Auskommen haben, und vielleicht finde ich dort ja auch noch einmal eine Frau, die ich so lieben kann wie Saphira!"

Er nahm sein Bündel und ging, ohne sich noch einmal umzudrehen, durch das Palasttor.

„Viel Glück in deinem Leben!" wollte ich ihm noch nachrufen, aber da war er schon verschwunden. Ein wenig Traurigkeit stieg in mir auf, denn die meisten Menschen, die mich, außer David, fast mein ganzes Leben im Palast begleitet hatten, waren plötzlich nicht mehr da!

Bathseba und David

Die Bauarbeiten für den Palast nach den Plänen Davids, die, wie er sagte, ihm direkt von Gott eingegeben worden waren, hatten begonnen. Täglich konnte man den Fortschritt am Bau beobachten, und Salomon war kaum noch im Palast, geschweige denn bei mir zu finden. Wenn er einmal Zeit von der Aufsicht beim Bau fand, musste er sich um die Regierungsgeschäfte kümmern, die David nicht mehr wahrnahm.

Es galt, für das Volk zu sorgen, seine Sorgen und Nöte wahrzunehmen, zu helfen, wo es nötig war. Straßen in der Stadt waren bei Regen nicht mehr passierbar, Häuser verfielen, weil sie niemand instand hielt, mit den Gesandten fremder Herrscher musste verhandelt werden: kurzum, Salomon war, auch ohne schon gekrönt zu sein, der König in Israel.

David wurde immer wieder von Frösten und vom Fieber geschüttelt, wurde immer schwächer. Er konnte sich nur mit Abischags und meiner Hilfe von seinem Lager erheben. Dann setzte er sich gern, wenn auch nur für wenige Stunden, auf seine 'Thronbank' in der großen Halle. Wenn ihm das gelang, mussten wir ihn immer in sein bestes Gewand kleiden; er wollte auf die Menschen, die auch ihm nach wie vor ihre Anliegen vortragen wollten, einen möglichst gesunden Eindruck machen.

Bei diesen Gelegenheiten war ich immer in der Nähe, um mit anzuhören, um welche Angelegenheiten es ging. Auch ein Schreiber war stets zur Stelle, um alles aufzuschreiben. Er und ich gingen dann, wenn der König wieder in seinem Gemach war und sich ausruhte, zu Salomon, um zu berichten, und der veranlasste dann das Nötige.

Der Winter ging vorüber, wärmende Sonnenstrahlen fielen durch die Öffnungen in der großen Halle, zeichneten große helle Flecken auf dem Boden. Davids Krankheit hatte sich wieder etwas gebessert, seine tiefe

Bathseba und David

Traurigkeit war manches Mal einer fast schon erschreckenden Aktivität gewichen. Und er nahm trotz seiner körperlichen Schwäche wieder Anteil am Fortschritt des Tempelbaues, an den Staatsgeschäften; Salomon musste ihm täglich berichten. Wenn ihm etwas missfiel, konnte er richtig laut und grob werden, einmal hat er sogar Abischag geschlagen, die danach heulend zu mir kam: „Was habe ich denn nur getan, dass er mich so schlecht behandelt, ich tue doch alles für ihn?" Sie war ganz verzweifelt. Ich wusste sie auch nicht zu trösten, schob natürlich sein Verhalten darauf, dass er viel zu arbeiten habe und wegen des Tempelbaues keine Ruhe fände. Ich weiß nicht, ob sie mir diese Erklärung abnahm …

Das Jahr nahm seinen Lauf, der nächste Winter ging vorüber. David wurde immer unausstehlicher. Täglich schrie und brüllte er seine Diener und Abischag wegen kleinster Kleinigkeiten an, selbst mir gegenüber verlor er manchmal die Kontrolle über seine Worte! Zu seiner Krankheit kam auch noch, dass er neuerdings verstärkt dem Wein zusprach, was auch nicht gerade zu unserer Freude geschah.

Der Priester Selcha versuchte, ihm zu helfen, aber das war kaum möglich. Wenn er den König auf den Willen Gottes hinwies und versuchte, mit ihm zu beten, gab es oft den Streit, dass David ihn anschrie: "Wer ist denn hier der Oberste Priester, du oder ich? Wenn Gott mir etwas sagen will, tut er es direkt und benötigt dazu nicht deine Hilfe!"
Nur Salomon, sein Lieblingssohn, kam noch mit ihm zurecht, und der überzeugte ihn auch davon, dass er nun so langsam einmal zum König gekrönt werden und nicht nur immer die Arbeit machen müsse.

Bathseba und David

„Man soll die Ältesten aus dem ganzen Lande herbeirufen, dazu die Obersten der Priester und die Edelsten aus dem Volk, dazu alle Heerführer. Am Tag nach dem nächsten Vollmond wollen wir meinen Sohn zum König krönen, gesalbt ist er ja schon lange, wie alle wissen!"
Die Schreiber im Palast fertigten viele Papyri mit dem Befehl des Königs, die dann von reitenden Boten nach überall im Lande gebracht wurden.

Nicht alle der Eingeladenen freuten sich darüber, dass Salomon nun wirklich König werden würde, insbesondere die Männer aus dem Hause Sauls waren entsetzt, hatten sie doch insgeheim immer noch auf Adonija, der sich völlig zurückgezogen hatte, gehofftt!

Papyrus 33

Die Krönung Salomons

Erzähler:

Es war ein ereignisreiches Jahr, dieses 971.
Salomon wurde zum König gekrönt, und David verstarb. Der Palastbau ging langsamer voran, als Salomon es sich vorgestellt hatte, erst drei Jahre später, im Sommer 968, war der Tag, an dem das prächtige, alle Welt beeindruckende Bauwerk fertiggestellt und seinem Herrn, dem Gott Israels, feierlich übergeben werden konnte.

Bathseba: Der Aufforderung ihres König, sich zur offiziellen Krönung Salomons im Palast einzufinden, ganz gleich, ob sie mit dem Anlass einverstanden waren oder nicht, konnte sich keiner der Eingeladenen entziehen.

Und so kamen sie alle, die Priester und Leviten, die Heerführer und Ältesten aus allen Teilen des vereinigten Israel, die Abordnungen aus allen befreundeten Ländern. Sie kamen und brachten dem neuen König Geschenke mit: edle Pferde und goldenen Schmuck, schöne Jungfrauen und kräftige Stiere, Gewürze und schönes Tuch, Figuren aus Elfenbein und solche aus edlem Zedernholz geschnitzt, und ihre Sänger und Musikanten kamen dazu, um dem neuen König vorzuspielen.

Es wurde ein prächtiges Fest, zu dem auch wir Frauen aus dem Palast und unsere Kinder eingeladen waren, denn zumindest für die unverheirateten Mädchen war das Fest auch zugleich ein Heiratsmarkt!

Bathseba und David

Der Innenhof des Palastes konnte die vielen Menschen kaum fassen, die sich zur Krönung meines Sohnes zusammengefunden hatten.

Der Wein vom Besten, was die Keller des Palastes hergaben, floss geradezu in Strömen, und die Tische bogen sich unter der Last der Speisen.

Eine riesige Anzahl Stiere war geopfert worden[47], dazu auch noch viele Widder und Lämmer, und die Priester im Heiligtum, die natürlich ihre Dienste für Gott verrichten mussten, hatten damit sehr viel Arbeit; der Rauch der Brandopfer zog über die ganze Stadt. Das Fleisch der vielen Opfertiere wurde an die Armen in der Stadt verteilt, soweit es nicht als Brandopfer diente oder beim Festmahl verzehrt wurde..

Kämpfer aus der Tausendschaft, der Salomon angehört hatte, führten Schwertkämpfe auf, die so echt wirkten wie Kämpfe im Krieg.

Musikanten spielten auf, sehr spärlich bekleidete Tänzerinnen erfreuten die Augen der Männer, und die bestellten Sänger lobten den König und seinen Nachfolger mit ihren Liedern, die sie mit vielerlei Schlag- und Saiten-Instrumenten begleiteten.

David, der König, saß in seinem königlichen Sessel auf einem Podest an der Stirnseite des Hofes. Das Sonnenlicht, das an diesem warmen Nachmittag in den Hof fiel, leuchtete golden auf sein müdes, von der Krankheit gezeichnetes Gesicht, die schütter gewordenen Haare hingen ihm lose über die Schultern, aber an seinem Gesicht konnte man trotzdem sehen, dass dieser Tag für ihn etwas ganz Besonderes war.

Aber dennoch: das war nicht mehr der David, mit dem ich so viele schöne Stunden verbracht hatte, der der Vater aller meiner Söhne war,

---

47 Siehe 1.Chr. 29,21

der voller Schwung und Mut war. Dieses war ein Mann, der das Ende seines Lebens erwartete und nur noch die wichtigste Aufgabe in seinem Leben zu erfüllen hatte: Gottes Willen für seine Nachfolge durch Salomon zu auszuführen.

Ich stand an seiner Seite, jederzeit bereit, ihn zu stützen, wenn es nötig wäre.

Die Sonne neigte sich dem Abend zu, und die vielen hundert Fackeln, deren Halterungen einst von meinem Vater und meinen Brüdern angefertigt worden waren, wurden entzündet.

Vom Heiligtum aus kam eine große Schar Priester in ihren festlichen weißen Umhängen mit gemessenen Schritten in den Hof, über zwanzig Fackelträger begleiteten sie.

Die Musik, der Tanz endeten schlagartig, und die Gespräche an den Tischen verstummten, als die Priester, in ihrer Mitte mein Sohn Salomon in einem ganz einfachen Gewand aus Ziegenhaar, in die Mitte des Hofes zogen. Aus einem Lagerraum brachten Diener ein Podest herbei, das inmitten der Priester, die es im Kreis umstellten, aufgebaut wurde; es war das Podest, auf dem mein Sohn auf die Krönung durch seinen Vater warten würde.

Ein Schauer der Freude und der Ergriffenheit lief mir über den Rücken, ein Schwindel ergriff mich; wie gut, dass Davids Thronsessel neben mir stand, da konnte ich mich etwas stützen.

Salomon bestieg das Podest und kniete sich in die Mitte. Von den rändern des Palasthofes kamen neunundvierzig Jungfrauen mit Blumen und schmückten damit das Podest. Die Priester hoben zu einem zunächst leisen, dann jedoch immer kräftiger werdenden Gesang an, in dem sie Gott und seine Weisheit und Gnade lobten.

Sie unterbrachen den Gesang, als sich David, die schwere goldene Krone auf dem Kopf, unter großen Mühen von seinem Thronsessel erhob und, zu meinem Erstaunen mit starker Stimme, zu sprechen begann; in der riesigen Menschenmenge im Palasthof hätte man eine Fliege abstürzen hören können, so leise war es.

„Mein Sohn Salomon", begann David seine Rede, „Gott hat dich auserwählt, der künftige alleinige König seines Volkes zu sein! Schon vor langer Zeit, es mögen zwei Jahre sein, haben dich die Priester für dein Amt gesalbt, und heute nun sollst du von mir die Krone übernehmen. Du wirst in deinem ganzen Leben deinem Gott dienen, seine Weisungen befolgen, seine Gesetze befolgen und stets das Wohl deines Volkes anstreben. Den Tempel des Herrn, dessen Bau begonnen hat, wirst du vollenden. Deine Frauen wirst du ehren und lieben, wie ich deine Mutter geehrt und geliebt habe. Deine Diener wirst du als Menschen und nicht wie Vieh behandeln, und du wirst alle Zeit auf die Fragen und Sorgen des Volkes antworten!"

David musste sich an der Lehne seines Sessels abstützen; mit Sorge sah ich, dass seine Kräfte nahezu am Ende waren. Er raffte sich wieder auf.
„Mein Sohn Salomon, komm her zu mir!"
Die Priester, die das Podest umstellt hatten, machte eine Gasse frei und geleiteten Salomon zum König. Vor dem Thronsessel angekommen, wurde ihm ein kostbarer Umhang, mit einer goldenen Schließe gehalten, umgelegt. Dann stieg er die wenigen Stufen zum Thronsessel hinauf und kniete nieder.
„Mein Vater, mein König, hier bin ich!"

Bathseba und David

„Mein Sohn! Man wird jetzt die Krone von meinem Kopf nehmen, und mich damit zugleich von einer sehr, sehr große Last befreien. Viele Jahre habe ich sie gern getragen, aber es war nicht immer leicht. Jedoch: ich hatte auch Hilfe dabei!" Bei diesen Worten warf David einen schnellen Blick in meine Richtung; ich hatte ihn verstanden.

„Nehmt mir jetzt die Krone ab und setzt sie dem neuen König auf sein Haupt!" wies er die Priester an, die Salomon vom Podest zum Thronsessel begleitet hatten.

Die Priester nahmen die Krone und taten, wie ihnen befohlen. Salomon erhob sich, stellte sich hinter seinen Vater, der sich wieder gesetzt hatte, und legte diesem die Hände auf den Kopf:

„So soll es sein, Vater, und was du mir aufgetragen hast, will ich gewissenhaft befolgen. Mein Volk, unser Volk, das Volk des Herrn soll mir stets am Herzen liegen, und ich will ein guter König sein!"

Nach diesen Worten brauste ein nicht enden wollender Jubel im Hofe des Palastes auf. Während des Jubels führten Diener und ich den alten König in seine Gemächer, wo er sich sofort auf sein Lager legte.

Salomon hatte inzwischen auf dem Thronsessel Platz genommen und nahm die Huldigungen der Obersten des Volkes, der Priester und der Soldaten entgegen, über die Ehrenerweisungen aller seiner Brüder hat er sich natürlich ganz besonders gefreut!

Drei Tage und Nächte, wie bei einer Hochzeit, dauerte das Fest, und danach breiteten die Geladenen die frohe Kunde im Lande aus: „Salomon ist der König!"

Nicht nur für David und Salomon brach mit der Krönung eine neue Zeit an, sondern auch für mich: ich war nicht länger die Königin, sondern nur noch Davids Frau. Aber meinen Auftrag, Salomon, den Mann des Friedens, zum König machen zu lassen, hatte ich erfüllt.

Tawananna – das galt nicht mehr von diesem Tage an.

Papyrus 34

Davids Tod

Erzähler: ????????

Spätsommer 971. Die Krönung Salomons ist erfolgt, der Jubel im Lande abgeklungen.

Nach den Krönungs-Feierlichkeiten brach David völlig zusammen, seine Körperkräfte sind dahingeschwunden, und seinem Sohn bei den Regierungs-Geschäften helfen war ihm nicht mehr möglich.

David, der große König von ganz Israel, starb an einem sonnigen Herbsttag dieses Jahres.

Bathseba: Der Alltag mit Salomon als König und David als altem, kranken Mann hatte mich nach all den schönen Festtagen wieder eingeholt.

Da ich jetzt nicht mehr die Königin war, wurde ich von den Söhnen Davids, soweit es nicht meine eigenen waren, kaum noch beachtet: irgendwie, so denke ich, waren sie nicht mit Salomon als König einverstanden. Sie hatte ihm zwar die Treue geschworen und ihre Unterstützung zugesagt, aber, und das hatte ich im Verlaufe der Zeit am Hof Davids erfahren, aber das zählte nicht immer …

Der König, in meinem Herzen war und ist er das immer noch, hat sich, wie ich bereits erzählte, nach den Feiern zur Krönung Salomons auf sein Lager gelegt und ist nicht mehr aufgestanden. Abischag kümmerte sich rührend um ihn, versuchte, ihm jeden Wunsch von den Augen abzulesen, aber viele Wünsche hatte dieser kranke Mann nicht mehr.

Hin und wieder fragte er nach mir: „Die Königin soll kommen!" Dann bekam ich ein scherzhaftes, ganz leise geflüstertes „wir wollen uns ein paar schöne Stunden machen" von ihm zu hören, und ein Lächeln war dabei in seinen Augen; diese Augenblicke, die wir nur für uns hatten, verbanden uns stärker als vieles zuvor, und ich umfasste ihn, legte meinen Arm um seine Schultern, lehnte mich an. Wie kalt seine Haut war! Lange konnten wir so nicht miteinander sein, dann war er zu erschöpft, und ich ging nachdenklich, sorgenvoll in meine Gemächer. „Wie lange wird es noch mit ihm gehen?" waren meine Gedanken.

Es ging weniger lange, als ich ohnehin befürchtet hatte.

Drei Tage nach meinem letzten Beisammensein mit David ließ er mich an einem sonnigen Vormittag erneut rufen. „Bring Salomon und Adonija zu mir, und meine anderen Söhne sollen sich vor meinem Gemach versammeln".

Ich beauftrage einige Diener, seinen Auftrag auszuführen. Über die Mittagszeit blieb ich bei ihm, ganz nahe, soweit sein Zustand es zuließ.

Am Nachmittag kamen die Königssöhne im Palast zusammen, wie David es gewünscht hatte: „Salomon und Adonija sollen sich an mein Lager setzen, und du, meine Königin, natürlich ebenso! Die anderen sollen sich hier im Raum versammeln, ich habe etwas zu sagen!"

Mit leiser, aber fester Stimme hob er zu reden an.

„Meine Söhne! Ich werde bald sterben, und ihr sollt mein Vermächtnis hören.

> 1 Dies sind die letzten Worte Davids.[48]
>
> Es spricht David, der Sohn Isais, es spricht der Mann, der hoch erhoben ist, der Gesalbte des Gottes Jakobs, der Liebling der

---

48 2.Sam. 23, Verse 1-7

Bathseba und David

Lieder Israels:

2 Der Geist des HERRN hat durch mich geredet, und sein Wort ist auf meiner Zunge.

3 Es hat der Gott Israels zu mir gesprochen, der Fels Israels hat geredet: Wer gerecht herrscht unter den Menschen, wer herrscht in der Furcht Gottes,

4 der ist wie das Licht des Morgens, wenn die Sonne aufgeht, am Morgen ohne Wolken. Und wie das Gras nach dem Regen aus der Erde bricht,

5 so ist mein Haus fest bei Gott; denn er hat mir einen ewigen Bund gesetzt, in allem wohl geordnet und gesichert. All mein Heil und all mein Begehren wird er gedeihen lassen.

6 Aber die nichtswürdigen Leute sind allesamt wie verwehte Disteln, die man nicht mit der Hand fassen kann;

7 sondern wer sie angreifen will, muss Eisen und Spieß in der Hand haben; sie werden mit Feuer verbrannt an ihrer Stätte.

So befehle ich euch allen, dass keiner nach dem Stande des anderen streben soll, damit er vor Gott nicht verworfen wird, dass ihr alle getreu dem Gesetz euer Leben ordnen und erfüllen sollt, dass ihr in Ehrfurcht und Liebe an euren Vater und seine Königin denkt.
Ich will in Frieden zu meinem Gott gehen, und ihr alle soll ewig in Frieden leben.
Kommt nacheinander alle her zu mir, ich will euch segnen!"

Einzeln in großer Ergriffenheit und Ruhe, traten die Männer an Davids Lager, und er segnete sie, in dem er jedem Einzelnen die Hand auflegte. Danach segnete er auch Salomon und Adonija, und auch ich, als seine Königin, wurde gesegnet.
„Jetzt geht alle und verkündet den Menschen im Palast, im Tempel und in der Stadt: der König stirbt!"

Erschüttert sahen wir uns alle an, konnten seine Worte nicht fassen! „Der König stirbt!"

Die Männer verließen uns, wir waren allein.

„Bathseba, mein Königin, komm zu mir und halte mich ganz fest in deinen Armen! Meine Zeit ist gekommen!"

Ich nahm ihn in die Arme, lehnte meinen Kopf an den seinen.

Ein ganz leichtes Zittern durchlief Davids Körper.

Sein Leben war erloschen, seine Seele wollte den Körper verlassen, so spürte ich und ließ ihn los. Er bäumte sich noch einmal auf, ein letztes Stöhnen entrang sich seinem Mund.

Der König war tot. Ich schloss ihm die Augen.

Alles, was an den kommenden Tagen geschah, lief an mir vorüber, berührte mich nicht: ich war in meiner Trauer gefangen. David ist tot. Diese Worte kreisten ununterbrochen in meinem Kopf. David ist tot.

Das Volk trauerte um seinen alten Herrscher, aber ich war nicht in der Lage, zu weinen, als die Totengesänge angestimmt wurde, als die Priester feierlich seinen Leib, in Tücher gehüllt, der Erde übergaben ...

Mit dem Tod Davids starb endgültig auch die Königin in mir, die Tawananna. Mein Leben im Palast war nicht mehr von Bedeutung, und ich zog mich mehr und mehr zurück.

Nicht nur David war gestorben, auch viele meiner Freundinnen aus dem Frauenhaus lebten nicht mehr; es wurde einsam um mich.

Das Leben im Palast verlief so, wie es immer gewesen ist: Der König, jetzt Salomon, kümmerte sich um den Tempelbau, verhandelte mit den Gesandten fremder Herrscher, hielt Stunden für die Belange des Volkes bereit, feierte mit seinen alten Freunden von den Soldaten.

Bathseba und David

Abischag, die jetzt, wie ich auch damals, schon in so jungen Jahren Witwe geworden war, wohnte jetzt bei mir in meinen Gemächern; Platz hatte ich ja reichlich, denn nur eine einzige Dienerin, Sigalit, hatte ich behalten.

Eines Tages meldete sich Adonija bei mir an und bat um ein Gespräch, das ich ihm natürlich gewährte, auch, weil er am Sterbebett seines Vaters Treue zu Salomon geschworen hatte.

„Sei gegrüßt, Bathseba!" waren seine freundlichen Worte, mit denen er auf mich zukam. „Du bist sicher verwundert, dass ich heute zu dir komme, aber ich habe ein besonderes Anliegen."

„Und das ist?"

„Gib mir Abischag zum Weibe, sie ist doch jetzt ganz allein, wohnt bei dir, hat keinen Mann! Ich begehre sie sehr, und ich werde ihr ein guter Mann sein!"[49]

Sein Anliegen verwirrte mich: „Darüber kann ich nicht entscheiden, Adonija! Aber ich will deine Bitte vor den König bringen!"

Enttäuscht, meinem Eindruck nach sogar verärgert verließ er mich, ließ es jedoch nicht an der gebotenen Höflichkeit fehlen.

Am nächsten Morgen bat ich durch Sigalit den König um ein Gespräch.

Salomon saß auf dem Thron in der großen Halle und empfing mich freundlich: „Was führt dich zu mir, Mutter?"

„Adonija war bei mir. Er bat mich, dir seine Bitte vorzutragen: er möchte Abischag zum Weibe, und ich finde, es wäre gut für sie!"

„Adonija will immer noch meinen Thron!" brauste Salomon sofort auf,

---
[49] Nach 1.Kön. 2, 13 ff.

schäumte vor Wut. „Wenn ich ihm Abischag gebe, kann ich ihm auch gleich meine Krone geben, denn wer die Frauen des Königs übernimmt, ist auch zugleich König, so will es das Gesetz!"

Ich war entsetzt! So hatte ich mir die Sache nicht vorgestellt!

„Mutter, geh jetzt! Ich muss wichtige Entscheidungen treffen!"

Längst zurück in meinem Gemach, sprachen Abischag und ich über die Angelegenheit. „Es ist schon ein schöner, starker Mann, der Adonija! Der würde mir sehr gefallen!" „Es wird nicht gehen, Abischag! Er hat den Zorn des Königs auf sich gezogen mit seiner Bitte um dich!"

Bedrückt schwiegen wir beide, als ein Diener an der Tür klopfte:

„Herrin, lass mich ein, ich habe wichtige Nachrichten! Salomon hat Benaja beauftragt, und der hat den Auftrag auch schon ausgeführt - der König hat Benaja beauftragt, Adonija umzubringen! Adonija ist tot!"[50]

Schweigen. Schon wieder ein ermordeter Königssohn, diesmal im Auftrag meines Lieblings-Sohnes getötet! Welch eine schrecklich Zeit, in der wir lebten.

Der alte Feldherr Joab, der ein Anhänger des Adonija gewesen war, erfuhr von der Bluttat und flüchtete in das Heiligtum Gottes, um der Rache Salomons zu entkommen, vergeblich.

Salomon beauftragte auch diesmal Benaja, Joab zu töten. Als dieser sich weigerte, den Tempel zu verlassen, sondern sich an den goldenen Hörnern des Altars im Allerheiligsten festklammerte, kam von Salomon die Anweisung an Benaja: „Dann töte ihn dort!" [51]

Und so geschah es. Unbegreiflich für mich und viele andere. Aber Salo-

---
50 1. Kön. 2,25
51 1. Kön. 2, 28ff.

mon hatte so entschieden, um sein Recht auf den Königsthron für alle Zeiten zu sichern: nun gab es niemanden mehr, der ihm diese Recht hätte streitig machen können!

Salomon führte den Tempelbau fort bis zur feierlichen Einweihung im Jahre 967. Es wurde ein Fest für Israel, wie es die Zeiten noch nicht gesehen hatten, und der Tempel war so prächtig, wie man es sich nicht vorstellen kann. Ich will ihn aber jetzt nicht beschreiben, ihr müsst ihn euch ansehen!

Sein Amt führte Salomon so aus, wie es sein Vater von ihm verlangt hatte. Gerecht gegen jedermann, dem Willen des Herrn entsprechend, freundlich und klug.

Mein Sohn Salomon – ich bin stolz auf ihn!

Meine Geschichte ist jetzt zuende. Bathseba - Bat-Schewa („Tochter des Schwures") hat ihren Schwur gehalten: ihr Sohn Salomon ist König! Ich werde meine letzten Jahre still und ruhig, ohne Pläne und Ziele für die Zukunft verbringen, Und irgendwann, wenn es die Götter meines Volkes entscheiden, werde ich zu ihnen gehen.

Letzte Gedanken

Der Schreiber: Ich berichte.

Die nachstehenden Gedanken und Worte der Königin habe ich aus meiner Erinnerung aufgeschrieben, weil sie so hätten sein können oder so waren. Ich versuche es so zu schreiben, wie sie es mir vorgegeben hätte. Man verzeihe mir meine Eigenmächtigkeit.

(Bathseba:) Meine Zeit ist vorbei!

„Schreiber! Welches Jahr haben wir?" „965, Herrin!"
„Lass mich noch etwas ruhen, bevor du weiterhin meine Worte aufschreibst." „Ja, Herrin! Ich gehe in ein Nebengemach!"
„Warte, sag mir noch: seit wann schreibst du für mich alles auf?" „Seit dem letzten Laubhüttenfest, Herrin, und bald wird es wieder gefeiert!"
„Geh du nun!" „Ja, Herrin!"

Ich liege zumeist schwach und müde auf meinem Lager, der Schreiber muss oftmals sein Ohr ganz nahe an meinen Mund heranführen, um überhaupt meine Worte verstehen zu können.

Noch ein letztes Mal will ich meine Gedanken zurück schweifen lassen, soweit es noch geht, und dann will ich nur noch schlafen, schlafen bis in die Ewigkeit, zu einer Sonne werden, wie es der Glaube meiner Vorväter im Hebräerland sagte, von dem ich mich niemals ganz habe lösen können und wollen.

„Schreiber!" will ich rufen, aber es wird nur ein Flüstern, trotzdem hat er es gehört und kommt an mein Lager, „Schreiber, schreib ein letztes Mal für mich!"

Viele, viele Jahre habe ich im Palast des großen Königs David verbracht. Er hat mich zu seiner Königin gemacht, auch wenn ich niemals gesalbt wurde. Mit ihm habe ich viele gute, aber auch schwere Jahre erlebt, meine Söhne hat er gezeugt, meinen ganzen Stolz im Leben. Oftmals haben wir „uns aneinander erfreut", wie David zu sagen pflegte; es waren fast immer sehr schöne Stunden und Nächte. In seinen letzten Jahren wurde er leider ziemlich unausstehlich, aber das verzeihe ich ihm; es lag an seiner Krankheit und an seiner Schwäche, die er nicht verstehen wollte und konnte.

Vor nun schon sechs Jahren ist mein König und Herr, mein von mir geliebter Mann gestorben, und wir haben feierlich seinen Leib in die Erde des Totenackers im Palast gesenkt; viele Tränen habe ich geweint, aber das Leben musste ja weitergehen, auch ohne ihn.

Jetzt ist es einsam um mich geworden. Meine Söhne besuchen mich nur sehr, sehr selten, die alten Freundinnen leben nicht mehr, und mein Augenlicht lässt mehr als zu wünschen übrig, die Glieder sind schwach und müde, der Geist muss sich sehr bemühen, um noch zu erfassen, was die Menschen um mich herum von mir wollen.

Kurzum, die Freude und die Lust am Leben hat mich ebenfalls verlassen, und ich bin so unendlich müde geworden.

„Schreiber, hol Diener, die sollen meine Söhne zu mir bitten!" flüstere ich.
„Ja, Herrin!"

Notiz des Schreibers

Der Schreiber: Ich bin sofort losgegangen, den Wunsch meiner Herrin zu erfüllen.

Die Diener haben versucht, ihre Söhne an ihr Lager zu rufen; alle waren gerade mit ganz wichtigen Aufgaben beschäftigt. „Ich komme, sobald es meine Zeit erlaubt!" war die Antwort, die sie von jedem der Söhne zu hören bekamen. Sie kehrten zu mir zurück und berichteten von ihren Misserfolgen: keiner der Söhne hatte sofort Zeit für seine Mutter, nicht der König Salomon, nicht der Priester Schimea, nicht der Soldat Schobab, und auch nicht der Gelehrte Nathan[52].

Zurück im Gemach meiner Herrin, fand ich sie, die Augen geschlossen, die Hände über der Brust verschränkt. Kein Atemzug entrang sich ihrem Mund, keine Bewegung ihres Leibes war zu entdecken.
Die Herrin war tot. Einsam und von allen Menschen, die sie so sehr geliebt hatte, verlassen.
Ich habe die Priester gerufen, die alles Wichtige veranlasst haben.

Die fertigen Schriftrollen werde ich in gute Leinwand wickeln, dann mit Leinenstreifen fest verschnüren und die Bündel mit viel gutem Wachs umhüllen. Alle einzelnen Bündel werden dann gemeinsam in eine gegerbte Tierhaut verpackt, die danach mit Harz versiegelt wird. Die Priester werden alles im Tempel verwahren, und so werdet ihr an irgendeinem fernen Tage diese Aufzeichnungen der Tawananna auffinden können.

---

52 Nathan wird später als Urvater der Maria von Nazareth benannt

Bathseba und David

Bathseba und David

Stämme Israels

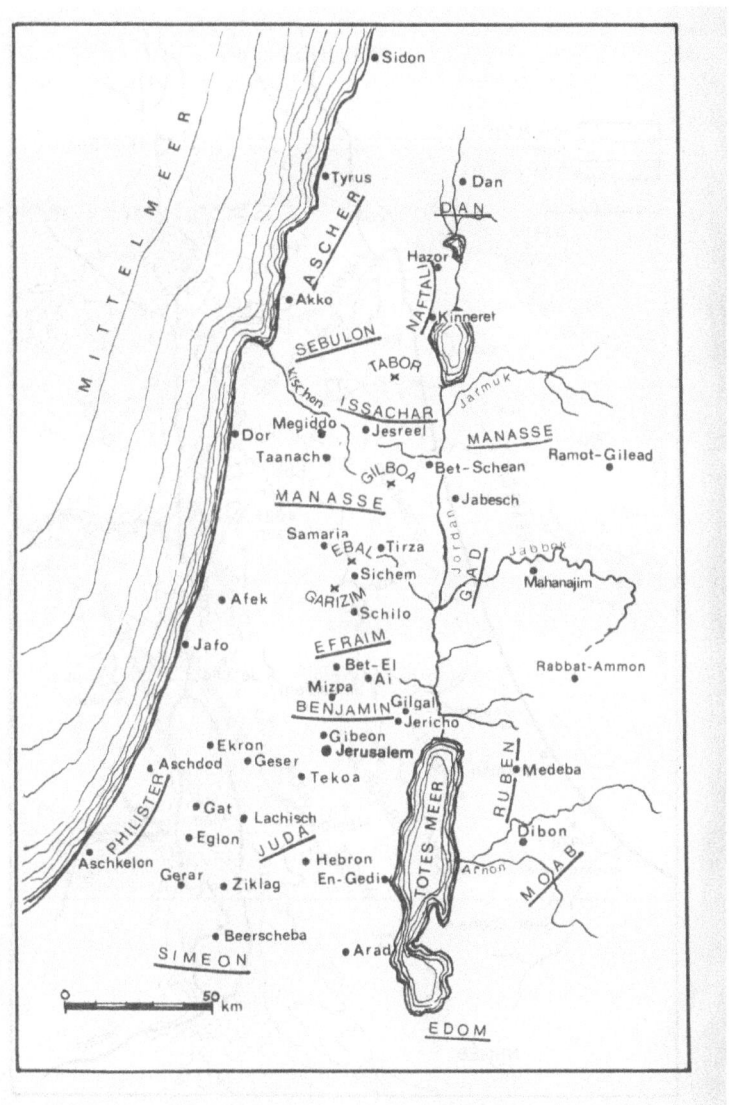

Das Leben Davids

1041 v.Chr.	Geburt (entspricht 2720 des jüd. Kalenders)
ca. 1029	Salbung durch Samuel
ca. 1020-1011	Exil Davids
1011	Salbung zum König über Juda
1004	Salbung zum König über ganz Israel und Einnahme Jerusalems
ca. 996-993	Grosse Hungersnot
993-990	Ammonitische Kriege
ca. 992	Ehebruch mit Bathseba
ca. 991	Geburt Salomos
ca. 987	Vergewaltigung Tamars
ca. 985	Tod Amnons
ca. 985-982	Exil Absaloms
ca. 979	Bau des David-Palastes
ca. 977	Bau der davidischen Stiftshütte und Umzug der Bundeslade
ca. 976	Rebellion Absaloms und Exil Davids
ca. 975	Die Volkszählung – Pest mit 70.000 Toten
ca. 973-971	Co-Regentschaft Salomos mit David
ca. 971	Krönung Salomos und Tod Davids

Nach: Eugene H. Merrill, Die Geschichte Israels (Ein Königreich von Priestern) Seite 754
Originaltitel: Kingdom of Priests
Übersetzung Helmuth Pehlke
2001 Hänssler-Verlag Holzgerlingen

Davids Frauen

Michal, die Tochter König Sauls
    2. Sam.3,3
    keine Kinder Davids

Abigajil, Witwe des Nabal aus Maon
    1. Sam 25,15
    Davids Sohn Kileab

Ahinoam aus Jesreel südw. Hebron
    Davids Sohn Amnon / vergewaltigt später seine Halbschwester
    Tamar. Wird von Absalom getötet, der daraufhin flieht

Saul scheidet Michal von David und gibt sie Palti
    1. Sam 25, 44

Haggith   Davids Sohn Adonija

Maacha   Tochter des aram.Königs Talmais aus Geschuur
        Davids Sohn Absalom
        Davids Tochter Tamar

Bathseba
    992 Davids Ehebruch; Beginn des Krieges gegen die Ammoniter
    992 Geburt des 1. Kindes; es starb nach einer Woche
    991 Geburt Salomo, später Davids Söhne Schimea(*990),
    Schobab(*988) und Nathan(*986)

Bathseba und David

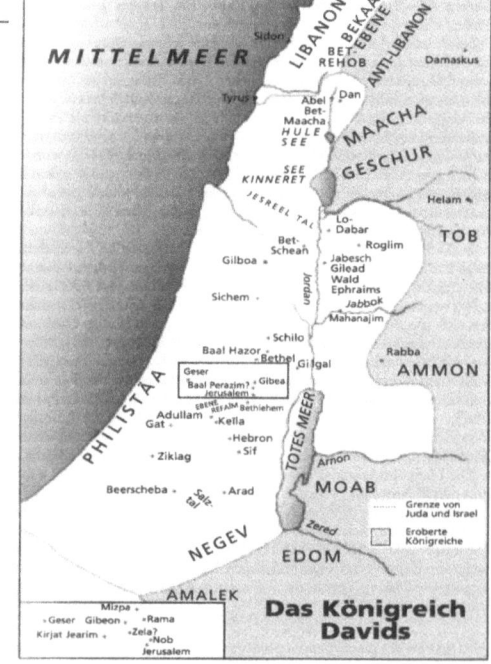

Psalm 51
Gott, sei mir Sünder gnädig! (Der vierte Bußpsalm)

1 "Ein Psalm Davids, vorzusingen,"
2 "Als der Prophet Nathan zu ihm kam, nachdem er zu Batseba eingegangen war."
3 Gott, sei mir gnädig nach deiner Güte, und tilge meine Sünden nach deiner großen Barmherzigkeit.
4 Wasche mich rein von meiner Missetat, und reinige mich von meiner Sünde;
5 denn ich erkenne meine Missetat, und meine Sünde ist immer vor mir.
6 An dir allein habe ich gesündigt und übel vor dir getan, auf dass du Recht behaltest in deinen Worten und rein dastehst, wenn du richtest
7 Siehe, ich bin als Sünder geboren, und meine Mutter hat mich in Sünden empfangen
8 Siehe, dir gefällt Wahrheit, die im Verborgenen liegt, und im Geheimen tust du mir Weisheit kund.
9 Entsündige mich mit Ysop, dass ich rein werde; wasche mich, dass ich schneeweiß werde.
10 Lass mich hören Freude und Wonne, dass die Gebeine fröhlich werden, die du zerschlagen hast
11 Verbirg dein Antlitz vor meinen Sünden, und tilge alle meine Missetat.
12 Schaffe in mir, Gott, ein reines Herz, und gib mir einen neuen, beständigen Geist.
13 Verwirf mich nicht von deinem Angesicht, und nimm deinen Heiligen Geist nicht von mir.
14 Erfreue mich wieder mit deiner Hilfe, und mit einem willigen Geist rüste mich aus.
15 Ich will die Übertreter deine Wege lehren, dass sich die Sünder zu dir bekehren.
16 Errette mich von Blutschuld, / Gott, der du mein Gott und Heiland bist, dass meine Zunge deine Gerechtigkeit rühme.
17 Herr, tu meine Lippen auf, dass mein Mund deinen Ruhm verkündige.
18 Denn Schlachtopfer willst du nicht, / ich wollte sie dir sonst geben, und Brandopfer gefallen dir nicht.
19 Die Opfer, die Gott gefallen, sind ein geängsteter Geist, ein geängstetes, zerschlagenes Herz wirst du, Gott, nicht verachten.
20 Tu wohl an Zion nach deiner Gnade, baue die Mauern zu Jerusalem.
21 Dann werden dir gefallen rechte Opfer, / Brandopfer und Ganzopfer; dann wird man Stiere auf deinem Altar opfern.

Lesen Sie auch

Maria. Frau. Mutter. Heilige.
Der Lebensweg der Maria von Nazareth

Erzählt und aufgezeichnet von

Karl-Heinz Knacksterdt

ISBN: 978-3-7386-0164-0

Dieses Buch erzählt vom Leben und vom Sterben einer außergewöhnlichen, einmaligen Frau.

Zwölf alte Männer, im Leben und ihren Aufgaben ergraut, versammeln sich am Sterbelager Marias, der Mutter Jesu.

Die Männer: Jesu Jünger.
Ihnen berichtet Maria in ihren letzten Lebenstage, was sie erlebt und erlitten hat.
Und wie ihre Beziehung zu Jesus war und bis zur letzten Lebensminute ist.

Der Wechsel zwischen Marias Berichten und den Reflexionen der Jünger über ihre Worte und ihr eigenes Erleben wird zu einer Erzählung, in der frei gestalteter Text mit belegten Fakten und Zitaten zu einer spannenden Lektüre verwoben.

Sie werden sie nicht gern aus der Hand legen.